血腥瑪麗
都市傳說系列
11
笭菁
著

都市傳說11：血腥瑪麗

楔子

她得脫掉鞋子，這樣才不會發出腳步聲。

女孩拎著鞋子，彎低著身子在走廊上行走，四周漆黑一片，但她不敢拿出手電筒，因爲這樣萬一有人從外頭看過來，一下就發現燈光了。

跟小偷似的潛伏在這兒，她得藉由扶著牆壁，才能大概辨別方位。

奇怪，印象中很近啊……她停了下來，因緊張害怕而喘著氣，唇心一橫，乾脆趴在地上，她用爬的總行了吧！這樣子穩多了。

往前爬行，走廊上貼了許多東西，她也得小心不弄壞他人的心血。

到了！

女孩喜出望外，但沒忘記謹愼的左顧右盼，確定警衛沒在附近，小心翼翼的伸長手扭開門把，爬進了教室裡。

門一半掩，她即刻打開手機手電筒，一張血肉模糊的臉赫然貼在她鼻尖——

喝！

女孩嚇掉了手裡的手機，雙手緊緊掩住嘴，她差一點、差一點點就要叫出來了。

可惡！她皺著眉看著那栩栩如生的假人，做得也太像了吧，一亮燈嚇死她了！連碰都有點猶豫，但她不敢動到原本的陳設，盡可能讓手電筒的燈照向地板，依然壓低身子往裡頭爬去。

四處是壁紙或是鋁箔紙的造景，有的地方甚至非常低矮，她輕手輕腳萬分謹慎，直到轉進了隔間，才敢大方站起，用手電筒照明各個角落。

「這裡做得可眞精細……啊！」在窄小的幾個彎道後，她終於找到她要的地方了。

門板經過仿舊處理，刻意刷白，打開門後，背面的門板上就是怵目驚心的血痕，最明顯的是一隻血手印，拍在門上像是向外求救似的；其他像用指甲抓刨的痕跡，讓人想像著這裡頭曾經發生過什麼事。

她嚥了口口水，用手電筒照明的感覺更顯詭異，抬起頭，天花板設置了兩盞燈，這間浴室一開始就會給予一定的光線。

但這不是她的重點，她環顧四周，緊張的深呼吸，這是間浴室，不管他們怎麼辦到的，但就是打造出一間擬眞的浴室，雪白的方型磁磚、七分滿的紅血浴缸，浴缸上頭還飄著一些頭髮。

馬桶蓋是蓋著的，她不想打開探究裡面有什麼，她要專心，她是來做什麼的別忘了。

「冷靜！冷靜……」女孩雙手互絞，喃喃自語的爲自己打氣。

走到一樣陳舊又血跡斑斑的洗手台前，她面對著牆上的鏡子，鏡子上方的牆壁上用紅色顏料寫著：「請召喚三次：Bloody Mary　Bloody Mary　Bloody Mary」，每個字母下都有滴落痕跡；這鏡子大有文章她自然知道，有人會在暗處控制，然後鏡子裡會有投影出現，讓在鏡前的人失聲尖叫。

鏡子上方的牆面上明明寫著請召喚Bloody Mary，但右手邊的牆卻刻意寫上凌亂的字跡：「絕對不要叫她出來！」

還有一個斗大又驚悚的「No！」

鏡前有兩根眞的蠟燭，明天開始就會點上，燃完了也會有工作人員進來補，但是她不要這種普通的蠟燭，她要的是萬無一失。

自肩上背包裡拿出小盒子，盒子裡用白紙包著蠟燭，她小心翼翼的拿起，以打火機點燃後，黏上了鏡子的兩端，就在原本道具蠟燭前的一點點。

手機反著放在洗臉盆邊，用以照明一切，終於將兩根蠟燭都點好後，將手機手電筒關閉。

浴室裡只剩燭火搖曳，她凝視著鏡子裡的自己，闔上雙眼，深呼吸後，是另一個深呼吸……絞著衣角的雙手在顫抖，其實她可以的，她一定可以的！

睜開眼睛，她凝視著自己，先仔細留意屋外是否有人，然後——

「Bloody Mary，Bloody Mary，」一字一字，務求口齒清晰，「Bloody Mary。」

她是來召喚血腥瑪麗的！

召喚出來後，或許她會抓她、或許殺掉她，但是——前提是她必須先完成她的願望！

召喚法是這樣沒錯吧？千萬不要有錯，她連蠟燭都準備好了！

凝視著鏡子，卻一點動靜都沒有。

「咦？哈囉！」她錯愕的敲敲鏡子，「Bloody Mary？血腥瑪麗？等等，她是哪國人？聽得懂中文嗎？」

又過了幾十秒，依然沒有任何傳說中的鏡中邪靈竄出，女孩難受得蹙起眉心，「這搞什麼！方法沒錯啊！」

砰——遠方傳來關門聲，她嚇得再度掩嘴，警衛到附近來巡邏了！

手忙腳亂的抓過手機，吹熄蠟燭，然後趕快打開手電筒，焦急的把蠟燭取下放回盒子，再拿出小刀，得把置放蠟燭的蠟淚削乾淨，不能留下一丁點兒有人來過的跡象！

正在努力刮除蠟淚的她，眼尾餘光瞧著鏡子裡，好像跟剛剛有點……不一樣？

她的手不自覺的在顫抖，有股無形的壓力在她後腦杓，她知道鏡子裡有什麼不同，可是她不敢、她不敢抬頭。

這是怎麼了？她不就是來召喚瑪麗的嗎？

「血腥瑪麗嗎？我、我是召喚妳的人。」她喃喃開口，「我希望妳能幫我完成我的願……願望……」

呼……密閉的浴室內忽而傳來冷風，掃過她的後頸項，甚至吹皺了一池浴缸血水……

嗚……她嚇得聳肩，雞皮疙瘩爬滿全身，但還是咬著牙，她必須面對她的抉擇啊——抬頭！

鏡子裡沒有別人，只有她，但是還有她身後滲出血的白牆！

什麼！

女孩倏地回身，這才發現整間浴室那白色磚牆縫隙裡，竟汩汩流出鮮血，而且還是進行式！像是牆裡有人，血不停的被擠壓往外湧似的！

她下意識抓過手機，慌亂的左顧右盼，緊接著，聽見的是一種剝剝聲。剝剝剝，剝剝剝……聲音來自下方，她顫抖的往左下看，浴缸裡的血水像是沸騰……不，像是有人要從裡面竄起般，水泡剝剝湧出。

然後……那該是虛假的頭髮開始浮動，往上……往上浮起，那看起來像是一個女人的——

啊！

女孩拉開門，連滾帶爬的奪門而出，她一出門就被絆倒，但是她一點都不敢猶豫，跌跌撞撞也要衝出去！

「啊啊！救命！救命——」

她扯開了嗓子大喊，警衛應該在外面了對吧！在外面了！「救我——」

咦？正在外頭巡邏的警衛還被嚇到，為什麼聽到有學生的聲音？

「……哇呀！」這次她撞到了東西，摔得一地雜音。

眞的有人！警衛掄起大手電筒，立刻往就近的教室裡去，「誰!?誰在那裡!?」

誰……

誰在那裡……

浴室的門被女孩推開後，又緩緩關上，在關閉前的微小隙縫裡，可以看見鏡前的蠟燭啪的點亮了。

鏡子裡，浮著另一張微笑的臉龐。

第一章 驚奇屋

「哈囉！要不要玩射汽球啊？很好玩的喔！」

「來來來，好喝現打的果汁喔！」

「白衣天使咖啡屋，歡迎光臨，還有甜點提供喔！」

校內熱鬧非凡，四處是海報、還有一堆類似COSPLAY的人在校園內遊走、發著傳單。可愛的女孩穿著護理師服裝，將傳單拿給夏玄允時，雙頰通紅，連正眼都不太敢瞧。

「謝謝！」細皮嫩肉的男孩愉快接過，給予親切可愛的笑容。

是啊，可愛。

用這個詞形容大學生真的很怪，但是走在前頭那兩個情緒高昂的男生，真的就只能用可愛來形容。

是那種二次元裡才會出現的男孩，白皙粉嫩的肌膚，淡粉的臉頰，無辜的大眼睛，漂亮的唇笑起來有一對雙酒窩，萌到翻過去的那種可愛男孩，怎麼看，都不像已過二十歲的大學生。

最萌最迷人的是夏玄允，喜怒哀樂都會讓女孩子在心裡尖叫著「超可愛！」尤其裝無助時、撒嬌時，多少腐女為之瘋狂；另一個正在咬烤魷魚的是郭岳洋，萌度差了夏玄允一點點，但是卻多了份纖細與溫文的氣質。

「超可愛的，妳有看見嗎？」

「那是我們學校的嗎？」

「不是吧？有這種貨大家早傳開了……」

高中女孩子們忍不住竊竊私語，一時之間，他們又變成萬眾矚目的焦點。

馮千靜最討厭的狀況。

大掌突然自天靈蓋壓來，將她的鴨舌帽往下壓低，明顯的有股阻力阻止她走得太快。

偷偷往左邊瞄，毛穎德察覺到她不高興了嗎？

「離他們遠一點就沒事了。」身邊高大的男人幽幽的說，「這兩個眞是到哪裡都不知道收斂。」

「他們是天生的高調。」馮千靜低聲說著，望著自己腳上的鞋子，都可以想像現在正前方一定宛如摩西過紅海，兩旁滿滿的都是竊笑著、偷看夏玄允跟郭岳洋的女孩子們。

感受著頭上的溫暖，她忍不住泛出輕笑，毛穎德比保鏢來得更讓她踏實。

「嘿！馮千靜！」

驀地有人由後拉過她的右上臂，馮千靜幾乎無法思考，旋身伸出左手就攫住了對方的手，下一秒不是肘擊就是要斷手了！

「喂！」毛穎德及時橫在她們中間，伸出手握住來人的手臂，「妳嚇死人了！吳雯茜！」

吳雯茜！馮千靜悄悄換氣，放鬆了全身緊繃的肌肉，「妳至少先出聲再碰我吧？這樣很危險的！」

「危險？」吳雯茜錯愕的看著她。

妳很危險！馮千靜懶得解釋也不能解釋，接著別過頭去。

「以後不要動不動就抓人，馮千靜不喜歡這樣。」毛穎德說得直白，接著往左一轉，「喂！夏天！」

這一喊，讓前頭兩個討論想玩丟水球的男孩止步，郭岳洋回首看到毛穎德朝他們招手，趕緊拽拽夏玄允。

「走了！那邊！毛穎德在叫我們了。」

吳雯茜尷尬的看著低首不語的馮千靜，「對不起，我是因爲人很多，情急之下才拉妳的，我怕用喊的你們聽不見。」

「嗯。」馮千靜輕哼一聲，下次知道就好。

她不是眞的討厭別人碰她，而是因爲她是經過訓練的格鬥者，像吳雯茜那種突然其來的攫抓，只怕她的反射神經會快於大腦反應，一轉身就會把她制伏住，這樣受傷的就會是吳雯茜了。

「以後知道就好，妳可以拉我！」毛穎德試著緩解氣氛，「大家呢？」

「在那邊等你們呢！」看著夏玄允他們奔來，吳雯茜終於笑了起來，「哈囉！夏天！洋洋！」

「嗨！好久不見！」夏玄允熱絡的跟人打著招呼，硬擠到馮千靜前頭去。

「哪有多久！也才上個月的事！」

「吳雯茜，妳不要亂學夏天叫人，我是郭岳洋，我不喜歡別人叫我洋洋！」瞧郭岳洋說得又氣又急，嘴還噘起，這任誰都好想叫一聲：洋洋～

「好好好，郭岳洋！你們來早了呢，不過既然我看到你，社長就叫我來找你們囉！」吳雯茜旋過身，指向兩點鐘方向的一棟白色建物，「德育樓有沒有？他們在穿堂等你們！」

吳雯茜，是S大「都市傳說社」的社員之一，今天夏玄允他們也是應S大「都市傳說社」社長林淮喆的邀請，到S高中校慶玩。

由於夏玄允帶領的「都市傳說社」發生太多玄奇的「都市傳說」事件，並且還逐一寫在社團FB上頭，過程與細節寫得鉅細靡遺，引起眾人矚目，一夕之間，原本連人都湊不滿的「都市傳說社」，變成A大裡最大社團。

其實遇上「都市傳說」一點都不好，輕則傷、重則死，還有失蹤人口，那是種可怕的東西，沒事不要沾上才好。

問題就卡在，「都市傳說」沒有來由、沒有原因，什麼時候會碰上、何時會找上你，根本無人可知，只能說一切都是命。

由於A大的「都市傳說社」赫赫有名，因此讓一直與A大為競爭校的S大非常感冒，他們也不甘示弱的成立了自己的「都市傳說社」，搞得極其盛大華麗，甚至建立了豪華如歐洲莊園的活動中心，然後再囂張的到A大來，刻意邀請A大的「都市傳說社」做聯合春訓。

原本可能是要用其氣勢與強力金援好好的電一下A大，只可惜……兩間學校的「都市傳說社」春訓時，還眞的遇上了「都市傳說」。

不僅死傷慘重、不少人失蹤、最後那華麗的莊園還付之一炬，灰飛煙滅，損失的人馬幾乎都是S大的「都市傳說社」，但這件事也讓S大對「都市傳說」抱持眞正尊重的心態，不敢再只是把它當作一種茶餘飯後的話題。

兩所大學的學生因患難而交好，事件結束後還有出來聚餐，討論的都是消失的人去哪裡？或是那塊地究竟還存在著什麼？聊到後面就會開始激烈的討論「都市傳說」，這本來就是他們的最愛。

S大的「都市傳說社」在出事後，社員驟減，現在變成眞的得靠幽靈社員才能勉強維持不被除名的社團了。

S高中是S大學附屬高中，往年校慶總是辦得有聲有色，而夏玄允他們這次應林淮喆之邀前來玩，重點當然是因爲有跟都市傳說相關連的設施。

「你們是玩不膩啊？遇一次不怕，還敢把都市傳說拿來校慶玩？」毛穎德遠遠的看見在穿堂的林淮喆，朗聲就笑道。

穿堂裡站著熟悉的「都市傳說社」社長林淮喆，還有他身邊那始終精明銳利、戴著眼鏡、對「都市傳說」倒背如流的陳睿彥，跟幾個高中生聊得正開心。

「只是校慶的項目而已！」林淮喆瞧見他們可開心了！「我學弟妹超有才的，一堆道具做得超像的！」

「什麼項目？該不會是都市傳說麵攤？鐵板燒？」郭岳洋開始瞎猜。

「唉，驚奇屋啦！」林淮喆打趣的說著，「只是把一些都市傳說的場景或是特別的人物放進去而已。」

馮千靜聞言不由得皺眉，「該不會有裂嘴女吧？」

響亮一彈指，旁邊著制服的高中生眼睛可亮了，立即上前一步，「那當然！

那可是我們的重點之一，她會拿著剪刀在驚奇屋裡追人！」

「剪刀不好吧？」毛穎德即刻皺眉，「要小心不要傷到人！」

「當然是道具囉！我們沒那麼傻吧！」高中男生顯得不太高興，像是被看扁似的，「我們的流程規劃、場景跟人物都超屌的……你們去看看就知道了。」

一邊說，一邊偷偷的瞄向夏玄允，旁邊有個女生也是目不轉睛的打量他們四個，眼底裡盈滿的都是好奇。

所以毛穎德只好一步往前，好讓馮千靜有位置躲到他身後去，她可一點都不想被盯著，尤其——誰曉得這些高中生會不會剛好又有人在看女子格鬥競技賽啊！

萬一又有人的偶像是她，再被認出來就麻煩了！

「馮千靜又變得好低調了。」吳雯茜好奇的歪著頭，「上次那個模樣啊，真的是——」

「咳咳！」夏玄允跟郭岳洋同時氣管不好，邊咳嗽一邊到吳雯茜身邊把她推離，「欸，快點帶我們去參觀！什麼驚奇屋？我們很期待喔！」

纏著吳雯茜往前，郭岳洋偷偷回頭對馮千靜使了眼色。

S大的一直都覺得馮千靜很奇怪。

第一次見面時她就是那樣，低頭不語、狀似內向羞赧，但後來出事時，她卻帥勁十足，手拿著武器就以一擋百，連身爲女生的吳雯茜都覺得帥、呆、了。

在林淮喆眼裡，那簡直是個美麗與力量的化身，身材婀娜結實，身段更是俐落柔軟，動作敏捷迅速，簡直像是電影裡那些身手靈巧的武打女星。

但是，事件一落幕她又恢復成那個一頭蓬鬆亂髮、戴著大黑框眼鏡、始終不語的「內向少女」。

不管是誰都會覺得很奇怪，她是雙重人格還是怎樣？

但是夏玄允私下跟林淮喆溝通過，不要太在意馮千靜，在春訓時是因爲大家身不由己遇到都市傳說，身爲同學的她才會出手幫忙，否則私底下她不喜與人打交道，也討厭被注視。

這些當然都是假的。

事實是：馮千靜是女子格鬥者。

以「小靜」爲名在女子格鬥競技中發光發熱，擁有清秀標緻的容貌與極佳的格鬥技巧，凡是有在迷女子格鬥的人，無人不曉。

之前還有人找她單挑，打破她的不敗紀錄後，卻在一個月後暴斃，這件事傳聞甚囂塵上，多數人都認爲那位新人使用了賤招，或許用藥，或許在小靜身上下藥，因爲小靜出賽那天狀況非常差劣，才會被擊敗。

總之，原本的馮千靜是個極易引人注意的人，所以上大學是種奢求！爲了一圓大學生的夢想，她跟父親說好，要低調、要不引人注意、絕對不能影響到練習與出賽，一切還是要以格鬥爲主，唸書只是閒暇打發時間的興趣。

因此她總是打扮得非常邋遢，獅子頭亂髮、大黑框眼鏡、穿著寬鬆的衣服，讓人完全認不出她。

只是……進入「都市傳說社」是個錯誤的開始，然後這個「都市傳說社」一直遇到都市傳說，更是錯誤的開始！

遇到都市傳說還能有好事嗎？看看那雙酒窩、笑得一臉天眞燦爛的萌少年能禦敵嗎？還不是都要靠她出手，方能保全大家！這樣子還低調個頭啦，還不受傷咧！

她跟格鬥新秀紫盈那場比賽，也是因爲紫盈去找都市傳說對她下咒，要不然會輸嗎！

嘖！

「驚奇屋是二年級的設計，我們跟三個班一起合作，位子才夠大！」說話的正是統籌者，叫鄭宗霖，「我們設計了很多道具，也有眞人……你是、夏、夏玄允對吧？」

鄭宗霖帶著崇拜的眼神回頭看著夏玄允，倒叫他有點害羞，「叫我夏天就好了啦！」

「對對，他都叫夏天！」身邊的雀斑男生也很雀躍，「我們看了所～有～你們社團的文章，遭遇過的事情，能用的都用上了。」

「紅衣小女孩、樓下的男人、裂嘴女、試衣間的暗門、瑪莉的電話、隙間女——」鄭宗霖的雙眼熠熠有光，毛穎德對那種眼神很苦惱，他有種覺得「夏天教」會傳染的FU。

「還有更多不一樣的！」雀斑男得意的抬起頭，「你們還沒遇到的！」

「沒有很想遇到！」毛穎德跟馮千靜幾乎異口同聲！

什麼叫還沒遇到啊？呸呸呸！他們從此以後不會再遇到了！

「我們沒遇到的可多的呢！」果不其然，夏玄允根本沒在聽他們的抗議，「停——你們不要說，這樣我們進去參觀才有氣氛。」

「有氣氛個頭！」馮千靜忍不住低咒。

「我可以先猜嗎？」郭岳洋一副興奮的模樣，「我偷偷跟陳睿彥說，你不要做表情，先記下來就好。」

陳睿彥記性超好的，他欣然同意。

毛穎德瞥了一眼身邊的女孩，用手臂輕撞了她一下，「還好吧？」

「不是說來高中校慶玩嗎？爲什麼又跟都市傳說扯上關係？」馮千靜想到心情就不好，「上次你都出事了，他們還沒在收斂的？」

「嗯，妳認眞覺得他們會收斂？」毛穎德無奈的笑著，「上次如果是他們出事的話——」

「唉，」馮千靜自個兒偷嘆口氣，「他們會更興奮，巴不得每次都能遇到。」

是囉，所以上次他雖出事，夏天跟郭岳洋每天也只是纏著他問：被帶走時的感覺到底怎樣？你會不會害怕？眞的哪裡都去不了？眞的都沒有遇到別人？那邊沒有wifi嗎？

啊那個都市傳說是「消失的房間」，去哪裡跟誰碰面啦！

前方夏玄允跟郭岳洋纏著陳睿彥，一左一右的偷偷說著他們認爲高中生會用到的都市傳說，毛穎德完全不想猜，他只希望驚奇屋裡不要太可怕，然後扮鬼嚇人的學生千萬不要離他們太近。

不說馮千靜是格鬥家，他自己也有黑帶的底子，萬一太近或是觸碰到，就怕直覺一個過肩摔出去，可就別怨人了。

們。

還沒上樓，就看見人龍，長長的隊伍從上而下，全都是排隊要進驚奇屋的人們。

「哇，很受歡迎嘛！」林淮喆對鄭宗霖多加讚賞，學弟笑得可得意了。

只是一上三樓，就在出口處看見不少哭得淅瀝嘩啦的學生們，不分男女均蹲在地上直發抖，讓外面在排隊的學生們有人卻步、有人更加期待。

「鄭宗霖！」一個黑髮女孩子一看見班長，就跑了過來，「好多人被嚇哭了！好像有點可怕。」

「哦？」鄭宗霖聞言倒是雙眼一亮，驚奇屋不嚇人還有什麼作用？

「鄭宗霖，有人說要去報告老師，說太可怕了！」另一個女孩焦急的衝過來，「說我們太誇張，讓人一直追她！」

「最好，每個人有每個人負責的區域！」鄭宗霖顯得有點不奈，這種是自己選擇參加的，還這麼多意見！

抗議聲四起，還有人在出口處哭得泣不成聲，也派了好些人安慰，林淮喆倒是相當讚許，只是校慶的驚奇屋可以做到這地步，讓他與有榮焉！

「好像眞有這麼回事！」郭岳洋立刻急著想進去，「我們可以進去參觀參觀嗎？」

「當然可以。」林淮喆笑了起來，「呃，四位？」

他們瞄向毛穎德跟馮千靜，這兩個很無奈的點點頭。

「ＶＩＰ嗎？」黑髮女孩走了過來，「請等一下喔，我們有嚴格的人數控管的，每一個區域一次只能一組客人。」

「汪聿芃，妳等等前後卡一下，我想讓他們專心的參觀，沒有時間壓力。」鄭宗霖趕緊向女孩說著，「他們是『都市傳說社』的。」

「噢！」女孩嘴張成Ｏ字型，玫瑰色鏡框下的大眼睛眨了眨，「Ａ大的喔！」

唉，「都市傳說社」可眞是聲名遠播啊，這種出名方式可眞不妙。

終於等到所謂的淨空，鄭宗霖便安排夏玄允他們先行進入，自然林淮喆他們也是一道兒進入參觀，不能拍照、不能攻擊工作人員是慣例。

嗯，不能攻擊工作人員，馮千靜在心裡叮囑自己，毛穎德則在旁邊留意控管；基本上不要有太接近或是攻擊性的行爲，應該不至於會還手吧？

驚奇屋自然漆黑一片，但全黑什麼都看不見也沒意思，現場刻意製造的窄小空間裡，亮著昏暗的綠色或藍色的燈，一進去就有一張血肉模糊的臉，不過這些都嚇不著親自遇過都市傳說的他們。

天花板吊著許多布娃娃，胸口插著刀子，面目猙獰，馮千靜最熟悉的傢伙，這是她第一次遇到都市傳說，「一個人的捉迷藏」就是得跟這娃娃玩捉迷藏；說眞的，他們道具做得很好，因爲連娃娃都複製得一樣。

再進入下一個區域，立刻就有一個熟悉的人影從黑暗中站出來，手上拿著剪刀，臉上戴著口罩，等到他們靠近立刻衝上前，問著：「我漂亮嗎？我漂亮嗎？」

「可以拿下來一下嗎？」夏玄允跟郭岳洋完全包圍住對方，「想看一下你的化妝效果！」

裂嘴女演員明顯的有點錯愕，這時候一般參觀人都會尖叫的離開，他得緊追在後，還得放送剪刀的開闔聲響。

「拜託！就看一下！」郭岳洋也在那兒鼓吹著，「你是男生還是女生？裂嘴女的妝是怎麼化的？」

「喂！」毛穎德眞心覺得演員可憐，「你們不要鬧他，他在工作！」

「要看的話，回答漂亮好了。」馮千靜淡淡的說著，不順耳的話，裂嘴女就會摘下口罩的啊！

「對耶！」夏玄允認眞的用晶亮的眼神瞅著裂嘴女，「漂亮！超漂亮的！」

這種情況，裂嘴女就要拿下口罩，露出那可怕的臉龐，舉起剪刀說：「那就跟我一樣漂亮吧！」

說實話，演員被他們一攪和，說話都不正常了，尷尬的唸完台詞摘下口罩，為什麼有這麼奇怪的參觀者啊!?

妝畫得差強人意，但是在這種昏暗的地方，已經具嚇人的效果了！夏玄允跟郭岳洋還在那邊尖叫「偶像！」，拿人家的道具剪刀去看看怎麼做的，搞得裂嘴女一臉狐疑。

再下一區，紅衣小女孩正等待，因為太高大了，郭岳洋眞心覺得不像，還建議他們要找女孩子扮演比較妥當；偏偏人家不爽的取下兜帽，還眞的是個身高近一百八十的女生，害得他們頻頻道歉。

所有的元素幾乎都嚇不倒他們，夏玄允跟郭岳洋還亂動手去觸摸道具，後來有學生出來勸阻，他們才收斂些；最後，終於來到一個偏僻的角落，微掩的門裡燈火搖曳，一閃一閃的詭異。

「唔！」毛穎德覺得不對勁的感到左肩一陣刺痛，下意識的撫上。

咦？馮千靜留意到他的動作，倏地抬首，「你不要鬧喔！」

「誰跟妳鬧！」他低語，「肩頭突然有點不對勁。」

馮千靜自然會不安，去年耶誕夜後，很多事在暗中起了變化，因為他們遇到了都市傳說的「聖誕老人」。

聖誕老人給予好孩子禮物，但是會跟壞孩子要一份禮物，姑且不論其他種種，只是最後毛穎德為了留下什麼給聖誕老人，刻意自己湊前，用左肩在聖誕老人的利斧上劃了一刀，而馮千靜的原本及腰長髮落地，都算給了聖誕老人一個交代。

但是自此爾後，毛穎德明明只是皮肉傷的左肩，卻會突然有錐心刺骨的痛楚襲來……而經過統計，都是在遇到都市傳說的時候。

不可能次次都巧合，馮千靜就是察覺到了，而且在都市傳說作用最靠近、最明顯的時候，他就會痛到不能自已。

這簡直像是一種警訊，一旦有都市傳說，毛穎德的肩膀就會發出警告訊號！

這讓馮千靜止步。

毛穎德不由得回頭，「只是一秒而已。」

「一秒都不正常。」她不悅的皺眉。

「那也不能讓他們去吧？」他用下巴往前比劃，夏天他們可是個個都興高采烈的咧！

如果這時出聲警告，只會換來兩種結果：第一，是夏天他們加倍的興奮莫名；第二，便是纏著問爲什麼他們會知道有都市傳說的存在？

在毛穎德肩膀受傷前，他就是個有輕微敏感體質的人，對於某些異象或是陰氣比較重的地方，會有些許感應；儘管連陰陽眼的程度都到不了、儘管他跟夏玄允簡直是穿同一條褲子長大的好友，他都沒跟夏玄允提過。

爲什麼？因爲要是讓夏玄允知道，他鐵定會陷入狂喜狀態，熱愛玄幻異象怪談的他，還不拉著他到處跟好兄弟們串門子！那他還能有好日子過嗎？

敏感體質的事，只有馮千靜知道；肩上傷口莫名其妙的刺痛與都市傳說一事，也只有她知道。

只能她知道。

「煩！」厭惡的嘆了口氣，馮千靜終於還是往前走去。

總是這樣，討厭都市傳說的馮千靜偏偏遇上了夏玄允，陰錯陽差進了「都市傳說社」，甚至最後跟他們三個男生住在一起，一起生活、一起歡笑，但是也一起遇險遭劫。

還有一起面對都市傳說。

夏玄允領頭，他緩緩的推開木門，鏡前燃著兩支蠟燭，因爲鏡子倒映的緣故，讓浴室裡更加明亮；上頭還有一盞燈作輔助，讓浴室的視線處於看得見，又不甚清晰的局面。

「哇……」郭岳洋詫異的環顧四周，看著這仿眞的浴室磚牆、浴缸裡的血水池，以及——

鏡子上的血文字。

浴室眞的太小，所有人要擠進來有困難，所以林淮喆開著浴室門，有的人就從外頭看；郭岳洋站在靠浴缸處、陳睿彥擠了進去往左邊的馬桶邊站，毛穎德跟馮千靜就站在夏玄允身後，剛好卡在門口附近。

而夏玄允，站在洗手台前，瞪大的雙眸映著燭光，還有寫在瓷磚上的字：

「請召喚三次：Bloody Mary　Bloody Mary　Bloody Mary」。

「血腥瑪麗啊！」這個就算對都市傳說不熟的人都很難不清楚。

「這個是你們還沒遇過的！」鄭宗霖的聲音在後頭得意洋洋。

到底是有什麼好得意的啦？馮千靜忍不住回眸瞪了一眼，最好永遠都不要遇到好嗎！

「哇塞，這裡佈置得很眞耶！」對都市傳說倒背如流的陳睿彥相當詫異，他們也是第一次進入參觀，「鏡子、蠟燭，連牆上的文字都寫得這麼清楚。」

「太清楚了。」有別於平常與郭岳洋握手尖叫，夏玄允竟顯得異常嚴肅，

三次
oody Marry
Bloody Marry
Bloody Marry
絕對
不要叫她出來
NO

「這裡是誰設計的？這會出事吧！」

他轉過頭，眉頭深鎖，是馮千靜沒見過的嚴肅。

夏玄允一直都是可愛型的男孩，說話也不重，就是像個中二屁孩似的，遇到都市傳說時，會尖叫會狂喜，因爲那是他最愛的東西，就算裂嘴女在他面前，他也只想要簽名合照，不會有一絲一毫的恐懼。

第一次，他不僅不興奮，還帶了怒氣。

「怎麼了嗎？」前一秒還得意的鄭宗霖突然被嚇到似的，「我們這間浴室打造得很用心耶！」

「太誇張了！上面還寫了三次，如果有人照著唸怎麼辦？」夏玄允回頭直指上方寫的文字：請召喚三次 Bloody Mary Bloody Mary Bloody Mary。

「是啊，就是因爲環境逼眞過了頭，說不定就會眞的召喚出來！」郭岳洋也憂心忡忡，「召喚血腥瑪麗，是必死無疑的都市傳說耶！」

餘音未落，鏡裡突然跳出一張駭人臉龐，對大家咆哮：「——呀——」

只是此時此刻，根本沒有人在意那女人在幹嘛，郭岳洋也就瞥了一眼，完全嚇不著他。

「有鏡子、浴室、蠟燭……」陳睿彥也嚴肅的看待這一切，「鄭宗霖，有學生是單獨進來的嗎？」

鄭宗霖顯得相當不平，抿著唇搖頭。

「血腥瑪麗一定要單獨進入浴室召喚吧？不是單獨就不成立。」林淮喆轉過來，「所以就算學生照唸，應該也不算是正式召喚。」

「我喜歡都市傳說，血腥瑪麗也是令人興奮的一種，但是那是西方的傳說，我們不熟就算了，這個傳說是絕對會死的！」郭岳洋義正詞嚴的對鄭宗霖說著，「不是說你們做得不好，你們做得很好，但就是太像了，會讓有人在不知不覺中召喚出血腥瑪麗……然後呢？你們要負責嗎？」

「我……」鄭宗霖說不出話來，但眼神態度卻還是滿滿的不服。

「這麼嚴重啊!?」那黑色短髮的女生出了聲，「我們是真的不知道，那該怎麼做比較好？」

「撤掉蠟燭嗎？」毛穎德提議，「把兩支改成一支？」

「有鏡子有蠟燭難保就算數了，我倒覺得咒文比較重要。」陳睿彥指向牆上的字，「不要鼓勵人家唸三次，這簡直就是巴不得人家不召喚！」

「我想說是假的啊！」鄭宗霖總算出聲了。

「假的？你都這麼自豪擬真了，哪假的了！」林淮喆摸摸他的頭，「我知道你們只是求好心切，但這眞的風險太大了。」

夏玄允正首看著鏡子裡的大家，「是啊，就算是我，我也不會想親自召喚血腥瑪麗。」

血腥瑪麗，西方民間都市傳說。關於血腥瑪麗的起源版本無數，有人說她是女巫、有人說她是殘忍的新娘，還有人說她是嗜血的預言者。

召喚方式最基本的兩個因素是黑暗房間中的鏡子、點燃的蠟燭，和重複唸三次她的名字；傳聞中凡召喚出血腥瑪麗的人，會被挖眼毀容，死於非命。

黑髮女孩立刻用無線電聯繫，上頭的燈突然大亮，燈光一炙亮後，就顯得沒那麼可怕了；接著再找工作人員進來要抹掉上頭的文字，蠟像也在夏玄允的要求下，不可明確的擱在鏡前。

馮千靜看著這牆壁，居然從上到下的瓷磚縫隙都有血液流出，這怎麼看都知道煞費苦心，先不論顏料的滴落有多自然，連接近天花板的部分都做了效果，這還得爬上梯子才能辦到的。

非常的用心，這點無庸置疑。

「眞難得啊！」一離開浴室，毛穎德大手就攬過了夏玄允，「我以爲你跟郭岳洋會對著鏡子照唸一次，然後等著血腥瑪麗出來合照咧！」

「哎唷，很想啊！」夏玄允竟眞的一臉惋惜，「但是哪有明知會死還做的啦！」

「就是啊，血腥瑪麗超可怕的耶，聽說根本就當場死在浴室裡！」郭岳洋一聲長嘆，「這跟遇到其他的都市傳說不太一樣，與其說她是都市傳說，還不如說她像……」

郭岳洋沉吟了好一會兒，想找個適切的詞。

「邪靈吧！」那黑色短髮的女孩從他們身邊經過，「也可以算是鏡靈的一種，其實比較像是黑魔法。」

所有人圓著眼看著女孩，女孩深黑的短髮，玫瑰色的小圓鏡框，看上去相當睿智。

「是啊，妳也喜歡都市傳說？」夏玄允眼睛都亮了，一臉要傳教的模樣，馮千靜即刻伸手拉住他。

「嗯……都市傳說喔……」女孩歪著頭，很認眞的在思考，「不知道。」

不知道？所有人默默交換眼神，不知道是什麼意思？

「可是妳知道得很清楚啊！」吳雯茜打趣的說。

「那是因爲我是總執行。」女孩面無表情的說著，默默點頭，「細節全部是我負責的，裂嘴女嘴角要裂到哪裡、紅衣小女孩的衣服、血腥瑪麗的浴室細節，全部都是我查證的。」

「難怪她清楚。」馮千靜輕笑著，輕戳了夏玄允，「不是每個人都瘋都市傳說的好嗎！」

「那可不一定。」夏玄允逼近了女孩，「妳叫什麼名字？」

「汪聿芃。」女孩面對那迷人的臉龐倒是不爲所動，「我要負責帶各位出去，前面往左喔。」

「妳研究過後，有覺得都市傳說特別迷人？」夏玄允堆滿可愛的笑容瞅著她。

連一秒猶豫都沒有，汪聿芃即刻搖頭，「沒有。」

語畢，她腳跟向左，打開了下一道門。

「噗……」馮千靜眞的忍不住噗哧笑著，偷瞄向毛穎德，瞧瞧夏天跟郭岳洋那副目瞪口呆的樣子，有一點點痛快。

看吧！誰像他們這樣狂熱啦，他們那樣才叫不正常好嗎！

「看吧！誰會覺得遇到都市傳說很迷人？我連看都不想看！」更別說碰到了！哪一次碰到不是身處危難，要不就九死一生！

「這道理跟他們兩個說，沒用的。」毛穎德太瞭解他們了。

即使剛剛在那兒義正詞嚴，等等如果眞的遇到血腥瑪麗，兩個人也是會雀躍不已，要拍照要簽名。

幾道彈簧門之後，是出口的最後一站，這兒一片慘紅燈光，斷肢殘臂、假人、假頭顱四處散布；馮千靜緊握雙拳，呼吸有些急促，這場景完全是用試衣間都市傳說裡的驚奇屋通道打造而成的。

她曾以爲天花板吊掛的都是假人，直到後來，才知道上頭那些都是活生生的人……全都是到服飾店試穿件衣服、從此人間蒸發的無辜人們。

假人上繫有繩子，或是有風在吹，還會跟著晃動，紅色的燈光加上音效，膽子小一點的人在前面已經嚇得魂飛魄散了，這裡只怕連站都站不穩了。

『嗚嗚嗚——呀——』尖叫聲驀地從牆裡隱藏的擴音器響起。

下一秒，上頭突然有東西掉下來了！

「小心！」毛穎德大喝一聲，立刻將馮千靜往後推，同時也把前頭的夏玄允往前使勁推去。

咻！天花板綁住的假人繩索是有固定長度的，自然不可能直接擊中參觀者，所以那是一具只有上半身、皮被剝掉的假人模特兒，狀似朝人俯衝而落，但其實根本早在半空中就煞住了。

「嘻！」輕笑著，汪聿芃覺得毛穎德的反應有趣，「一般人都是嚇得連站都站不穩，跑出去的耶！」

她好奇的看著擺出防禦姿勢的毛穎德，無獨有偶，剛被他擋到身後的馮千靜也擺出了一樣的姿勢。

林淮喆他們倒是見慣了，之前在春訓中心時，這兩個人的反應力原本就高人一等。

「幸好你們繩子設定很短。」夏玄允細心觀察，「萬一眞的掉下來，現在就壞了。」

毛毛一拳、小靜一腳，道具鐵定被破壞殆盡。

「我們有考慮過啊！」汪聿芃聳肩，看著假人被捲上去，「好啦，前面就是出口了！」

參觀的學生有一半以上都是腳軟的跌撞出去，這幾個眞不愧是「都市傳說社」的人耶，歷經過大風大浪的嘛！A大的社團紀錄她跳著看，身爲總執行，她沒太多時間參考別人社團發生的事。

「嘖！」馮千靜這才鬆卸下來，她剛眞的準備掉什麼就揍什麼的！

偷瞄毛穎德一眼，這傢伙最近護她護很凶厚……嘴角忍不住揚起笑容，被保護的感覺還不錯嘛！

「那個模特兒做得跟……有點像耶！」郭岳洋還在那邊讚嘆。

「如果是眞的就更好了！」

「前面兩個，有分寸一點喔！」毛穎德沒好氣的出聲，「誰也不准出借我們的衣帽架！」

他們的社辦裡，也有一個假人模特兒，一半是完整的皮膚，另一半是肌肉束外露的圖案，看上去相當驚悚，大家只當是「都市傳說社」的社團裝飾，卻沒有人知道，那曾是一個活生生的人，他們同校的學生。

現今仍是失蹤人口，但其實他已經變成假人模特兒，靜靜的、安全的待在他們社辦裡……當衣帽架。

「我才不……」夏玄允回首，臉色突然一僵，「咦？」

咦？其他人還沒來得及反應，只聽見上頭喀啦一聲，緊接著有個東西咻地就掉下來了——砰！

「哇！」假人沒嚇著人，後來落下的東西引起吳雯茜的驚聲尖叫！「什麼呀!?」

所有人都大跳著回身，驚恐的看著他們剛剛停留的地方，掉下來另一具道具。

「居然有第二招！」郭岳洋口吻裡滿滿的讚嘆，「好厲害喔！這誰策劃的？」

「就是，剛剛才被嚇過，正放鬆心防時，又來一次！」連夏玄允都忍不住朝汪聿芃豎起大拇指，「眞的太強了！」

滿滿的讚美，卻掩不去汪聿芃一臉的錯愕。

她望著地板上剛掉下來的道具，再看向他們，眼底是驚惶、是害怕。

「各位，」馮千靜認眞的看著那具道具，「假人有這麼……軟嗎？」

一般的假人模特兒，都是塑膠製品，四肢僵硬，怎麼可能可以對折、膝蓋、手都能彎曲。

「而且，穿著你們的……」毛穎德看向發呆的汪聿芃，「一樣的制服？」

女生的制服。

「不對勁！」林淮喆立刻推開他們上前，「手電筒！」

陳睿彥跟吳雯茜即刻手忙腳亂的要幫忙照明，但是比速度絕對不會比得上A大的「都市傳說社」厲害！

毛穎德跟馮千靜手機沒鬆開手過，夏玄允跟郭岳洋就算沒拿手機也有口袋裡的隨身手電筒，這玩意兒太重要了！四盞燈同時打開，速度快到讓陳睿彥錯愕，吳雯茜連鎖都還沒解開咧。

光線照得一室通亮，汪聿芃依然站在原地，嘴裡喃喃唸著：「我們有這道具嗎……」

「林淮喆，不要留下自己的跡證。」郭岳洋突然上前，扳過了猶豫中的林淮喆肩頭，「我們來吧！」

「賣鬧！我上次也看過了腐爛中的屍體，沒在怕的！」林淮喆蹲在道具前，伸出的手卻在發抖。

所以郭岳洋跟夏玄允分別到他兩邊，象徵一種加油打氣。

顫抖的手扳過了纖細的肩頭，當林淮喆一觸碰到肩膀時，他就知道這不是道具。

馮千靜直接報警。

看著男孩們小心翼翼的把屍體翻過來，三個並排的背影只有一秒的靜默，然後同時跳了起來，「哇靠！」

「不要碰到屍體啊！不要破壞現場！」毛穎德忙把他們三個一起往後拉，「吳雯茜！」

「好！」吳雯茜得折返去告訴工作人員，不要往這兒來。

「妳，不是有無線電嗎？」郭岳洋趕緊走向汪聿芃，把她推到大家身後去，不讓她看見那屍體的模樣，「通知驚奇屋暫停，不能再開放參觀了。」

「咦？」汪聿芃一臉錯愕，「爲什麼？那個是……是誰？」

「是誰……讓妳看了也認不出來吧。」郭岳洋滿是歉意，把她往出口推，「不要看對妳比較好。」

「咦？我……等等……」汪聿芃就這樣掙扎中被推了出去。

是啊，上前的馮千靜望著躺在地上的女孩，她深表同意。

那是個穿著制服的少女，她制服被撕開，衣衫極爲不整，上頭滿滿的都是血跡，而臉上劃得慘不忍睹，找不到超過兩平方公方完好之處，最重要的是那對深黑的窟窿，正望著不知道哪兒的方向。

眼珠子被剜掉了。

「喉嚨被切開了。」陳睿彥遠遠的站著，「但是她這樣摔下來，竟然沒什麼血跡。」

「這裡不是第一現場吧。」毛穎德仰頭看上頭吊掛的假人，眞害怕上頭還有別具貨眞價實的屍體，「割喉的話血早就流乾了。」

「爲什麼這麼殘忍，要把她的臉劃成那樣？」林淮喆掩著嘴，他覺得有點反胃。

「毀容、挖眼……」在他們身後的聲音，聽起來有點顫抖。興奮到顫抖。

馮千靜忍不住皺眉，與毛穎德同時互看的交換眼神，跟著連林淮喆及陳睿彥都緩緩站起，不約而同的往後方看。

只見兩個男孩笑出了醉人的酒窩，那兩雙眼睛熠熠有光，雙手互握，用大家保證都聽得見的氣音大聲的說：「血腥瑪麗！」

第二章 打賭

驚奇屋由三個班合辦，分別是二年級的五、六、七三班，五班爲主要籌劃，其餘兩班從事協助工作，動用的工作人員雖然很多，但也不至於全員上場，因此三個班有一部分人另外設攤。

死亡的女孩，恰巧就不屬於驚奇屋的工作人員。

「是六班的王雅慧。」周庭卉眉頭深鎖的來回踱步，「怎麼會是王雅慧!?」

「她完全沒介入……」鄭宗霖搔著頭，換言之，是根本不可能進入會場的人。但畢竟都是自己班教室，空間都是開放的，就算有人把關不讓其他班學生入內，也很難阻止這三個班學生的進出；驚奇屋的遊戲通道貫穿三個班，扣掉圍起的通道外，其他地方依然是教室區塊，通道中的祕密小門只有學生們知道，工作人員也是以此移動的。

原本希望是本屆校慶最厲害的遊樂設施，現在的確也算願望成眞，校慶即刻暫停，驚奇屋全面封鎖，黃色封鎖線圍住整條走廊，警察們進入勘察，蒐集事證。

「這些是生前造成的傷口。」法醫在現場簡單的勘驗，指著少女胸口與背上的傷口，「刺穿、撕裂……她死前飽受折磨。」

一位中年警官蹲在屍體邊，皺著眉指著女孩裸露的乳房上方，「這裡有塊肉不見了，也是生前嗎？」

「看到傷口邊緣的血液凝結嗎？她還活著時做的，這像是被咬下的痕跡。」法醫輕輕的揭開破敗的制服，露出有著數個坑洞的肚皮，「這也都是生前被刺穿的，凶器不大，但卻筆直的刺穿她的腹部……看看，這裡面應該是一團糟了。」

警官嚴肅的看著年少的屍體，這麼年輕又與世無爭的少女，怎麼會遭到殘忍虐待？

「那……是否有性侵痕跡，就得再進行下一步比對了。」警官語重心長，然後緩緩的往右後方轉過去，「我說——你們爲什麼站在這裡？」

在牆邊站了一整排他太熟悉的學生，A大「都市傳說社」，失蹤案命案只要有他們的出現，幾乎都跟都市傳說有關。

戴著鴨舌帽的馮千靜朝警官微頷首，代表一種打招呼，不然呢？這邊太多人了，她可不想曝光。

章叔是老爸的朋友，而老爸在她進大學前就特地叮嚀老友，無論如何要留意他女兒的安全，他女兒在學校附近萬一遇上什麼事，都請他多多照顧……絕對不能有身體上的傷害，她可是個格鬥者啊！

嗯哼，章警官也很無奈，老馮近來每次見到他臉都超臭，覺得爲什麼在他的轄區內，他女兒好像一天到晚在受傷。

「我不太想聽解釋……」章叔話說得很無力，「不過屍體是你們幾個發現的？」

「是……」夏玄允客氣的回著，「跟我們沒有太大關係啦，她只是從天而降而已！」

指著上方的架子，在明亮的燈光下，可以看見上面吊掛的假人。

「我們那上面是假人，有兩、三具帶有機關，參觀者走到下方時可以放下來。」鄭宗霖趕緊出面說明，指著自己身後的牆，「這後面就是教室，牆上開小洞，有人快走來時就按下按鈕，釣魚線就會把假人降下。」

「我不懂爲什麼王雅慧會在這裡？」汪聿芃突然開口。

從屍體掉下來後她就一臉震驚的臉色，眼睛圓大的看著每個地方每個人，幾乎都沒有再說話。

「這是我們要調查的。」章警官看著汪聿芃，好像有點狀況外的女孩。說著，眼尾瞄向兩個始終呈現興奮狀態、卻一直欲言又止的男孩，夏玄允跟郭岳洋劃滿笑容，用閃閃發光的眼神看著章警官。

毛穎德即刻向警官搖頭，不要問啊！

「唉，好吧。」他嘆口氣，「你們想說什麼？」

「血腥瑪麗！」兩個男孩異口同聲。

一旁的林淮喆皺起眉頭，悄悄看向身邊的陳睿彥，他卻點點頭，「合理。」

「超合理的好嗎！你們看看她的樣子！」夏玄允連忙要上前，卻被警察伸手勸阻，要他退後！「召喚血腥瑪麗的人，都會被挖眼毀容！」

「血腥瑪麗……又是都市傳說？」章警官聽了就頭疼，「你們怎麼知道她召喚什麼血腥瑪麗？等等，召喚？要畫五芒星那種嗎？」

「不必！這裡就有現成又完美的地方！」郭岳洋往來時路折返，「就在前面，那邊不是有間浴室嗎！召喚血腥瑪麗需要那種完美的浴室。」

警官立刻聽出端倪，「這裡有召喚的地方？」

「啊那個我們不是故意的！」鄭宗霖即刻澄清，「我們只是想要呈現一個都市傳說而已，我們沒有留意到這樣會變成眞的召喚！」

「所以王雅慧召喚了血腥瑪麗？」周庭卉吃驚的喊著。

呃……這問題問得眞好，沒有人知道啊！

但是，看著被放上擔架的屍體模樣，跟傳說中召喚血腥瑪麗出來後的下場是類似的！

章警官立刻回身跟著郭岳洋往浴室走去，那兒現在也是燈火通明，所有人都在採證，不管是滿牆的滴落血液、或是浴室裡的顏料血水，甚至那一團嚇人的假髮，還有鏡前的蠟燭全數都要帶回。

鄭宗霖說出剛被夏玄允教訓的內容，美術還沒來得及修正牆上的字，因爲不該誘導參觀者召喚血腥瑪麗。

「唸三次就會出來？眞簡單，我以爲要畫個五芒星、上個祭品什麼的！」有警察還在打趣。

「唸三次很難好嗎！無緣無故你怎麼會唸三次血腥瑪麗呢？」夏玄允義正詞嚴的糾正，「而且還得一個人進入浴室、點亮蠟燭，至於祭品一點都不用愁，因爲你就是祭品啊！」

警察瞥了夏玄允一眼，說得還眞有那麼一回事。

「召喚血腥瑪麗後，鏡子除了倒映燭火跟自己外，還會出現血腥瑪麗，接下來聽說血腥瑪麗一旦現身，就會挖掉召喚者的雙眼再毀容。」陳睿彥仔細說明都市傳說，「幾乎是個必死無疑的都市傳說。」

「……這不是很怪嗎？自殺手法之一？誰會去召喚一個必死的東西出來？」

章警官覺得匪夷所思。

「因爲聽說可以向血腥瑪麗許願，請她完成願望。」陳睿彥轉向警官，「這是國外的都市傳說，版本也不少，但像警官說的，其實這個召喚幾乎都用在試膽大會上。」

試膽，看看誰有膽量，敢隻身進入浴室，召喚血腥瑪麗。

聽到試膽，警方就會露出厭惡的神情，那是一種不怕死、製造麻煩又讓家人傷心的東西！

「所以，」吳雯茜幽幽出聲，「那個王雅慧是來試膽的嗎？」

所有人不約而同望了過去，是啊，無緣無故一個不相關的女生爲什麼進來這兒？

「想太多了，現在根本沒有證據證明死者召喚過血腥瑪麗。」毛穎德立即接口，「說不定是遇到變態，或是某種情殺。不管哪一樣，都應該等警方解剖調查完才知道。」

「是啊，毛穎德說得有理，先別什麼都導向都市傳說。」林淮喆也幫腔，但他其實懂夏玄允他們的想法。

因爲他們根本巴不得就是都市傳說！

「嗯，我也不傾向是都市傳說，你們沒有細看那女孩的屍體，她是被折磨死的。」章警官揮揮手，「把他們帶出去，問好了就讓他們走吧。」

郭岳洋明顯的露出失望，他們眞的眞的覺得像血腥瑪麗啊！

馮千靜再次暗暗跟章警官頷首，跟著大家轉身而出。

「剜眼毀容，就是血腥瑪麗啊！」夏玄允還在咕噥。

「而且又有完美的召喚處。」郭岳洋還答腔。

「如果是有個變態效法血腥瑪麗的做法呢？你們適可而止啊！」毛穎德出聲，「這裡不是第一現場，如果是血腥瑪麗所爲，不是應該在浴室？或是有成片的血？」

而不是只流幾滴血，還刻意掛在上頭。

如果屍體沒有掉下，只怕得等哪天有參觀者臉上掉了蛆，才會被發現！

「試膽也有可能，我有聽到她們好像要賭什麼。」汪聿芃突然天外飛來一筆，「有好幾個人昨天下午跟王雅慧一起，可以去問問啊！」

鄭宗霖顯很訝異，「好幾個？妳怎麼知道？」

「我聽見的！在廁所時聽見她們在討論，輸的人要接受懲罰。」汪聿芃倒是很認眞，「王雅慧還穿著制服，就表示放學後出事的，而且根本沒有回家。」

「也有可能是今天早上啊！」周庭卉不表認同，「現在都下午了……」

「我們一大早就來咧！至少我第一個到！」汪聿芃斬釘截鐵，「我們這麼多人在出入，要把屍體掛上去不被發現，未免也太高難度了！」

「說得有理，我們都很早就到，我看晚上的機會比較高。」鄭宗霖也表贊同，周庭卉撇撇嘴沒再說什麼。

大家魚貫從出口步出，較之於上午的盛況，現在只能用冷清來形容，幾乎整層樓都被警方封鎖，逐一查探可能的跡證，或是王雅慧是從哪兒進來、哪兒離開，以及最重要的第一現場究竟在哪裡。

而在右轉後的走廊上，看見兩個女警正在詢問一個哭泣的女人。

「六班導師。」鄭宗霖用氣音說著，王雅慧的導師。

「早上我點名時只有她沒來……我應該打電話的，但是江盈甄說、說王雅慧傳LINE給她，表示身體不舒服要請病假！」女導師哭得泣不成聲，「我也看了手機，眞的是她傳的，我就沒想這麼多……我本想著等下課再打去，但是校慶這麼忙，一等我就忘了。」

「妳先別哭，所以其實您並沒有接到王雅慧本人請假？」

導師搖搖頭，「現在很多學生都是用LINE，我們也眞的很少再確認，畢竟大家都高中生了……」

毛穎德看著發抖的老師，她應該不是爲學生的死亡而恐懼，只怕是爲了自己沒有向家長做確認、可能被懲處而恐懼的吧！

家長一定會追究、校方也會要她負責，她擔心她的飯碗啊！

「假設是血腥瑪麗的前提下，似乎也不必太擔心。」林淮喆突然提出了論點，「因爲召喚已經結束。」

「咦？」吳雯茜其實臉色慘白，看見那屍體很難不覺得恐懼！

「因爲召喚者已經死了嗎？」夏玄允喃喃說著，「她召喚出來，然後血腥瑪麗也殺了她，結束這個回合。」

「沒錯，只是要知道她爲什麼要召喚血腥瑪麗罷了。」陳睿彥點點頭，這的確是都市傳說的運作方式。

「可以去問問她同學啊！」郭岳洋突然雙眼又發亮了，「剛剛戴眼鏡的不是說，有一群學生在賭嗎？」

眼神落到了汪聿芃身上。

「我叫汪聿芃。」她皺眉，不喜歡被叫戴眼鏡的。

她其實是個很文靜的女孩，說話優雅，動作慢條斯里，看上去是個非常理性的人。

她接著點頭，「我知道有哪些人！」

「那現在就去吧！」鄭宗霖顯得相當興奮，毛穎德卻覺得頭疼，看著夏玄允跟郭岳洋在帶風向，他就覺得不該一開始就把這件事定位在都市傳說上。

「你們爲什麼要認定是都市傳說呢？」他抱怨著。

夏玄允轉過頭看著他，一臉理所當然，「我覺得就是！」

「爲什麼？」

「直覺！」夏玄允還敢用炯炯有神的雙眼這樣回他：直覺。

直覺個頭啦！

「欸，我要先閃了。」袖子被人拉了拉，毛穎德回頭看向低垂著頭的馮千靜，「這邊有命案，等等記者就來了，我不想被拍到。」

「噢……我帶妳出去吧！」毛穎德連忙想護花。

「不必，我自己比較方便。」她抬頭，眼尾掃向左邊，「那兩個顧好，我現在被狗仔盯上了，拜託他們不要在這時候惹事。」

毛穎德遲疑著不敢跟她保證，遇上夏玄允他們，應該沒有人有辦法做這種擔保！瞧他們那股興奮勁，雙腳都快離開地面的雀躍，他們已經把整件事當成都市傳說來做了。

沒跟其他人打招呼，馮千靜默默的轉身從就近樓梯離開，前頭這兒還在激烈討論，關於血腥瑪麗的都市傳說。

毛穎德嘆口氣，直到看不見馮千靜的身影才開始輕撫左肩……他知道馮千靜不希望這跟都市傳說有關係。

但是他隱隱作痛的左肩告訴他，這只怕眞的就是血腥瑪麗。

找到王雅慧的同學們輕而易舉，因爲在幾分鐘後經過的女廁裡，看見了聚在一起哭泣的少女們。

「我們眞的不知道發生什麼事！」叫江盈甄的女孩發著抖，拿著手機，「我早上看見她發的LINE，要我幫她請假……」

「她那時已經死了嗎？」何嘉瑄掩著嘴哭泣，「天哪！如果她已經死了，那、那個LINE是凶手發的？」

「噫！」少女們掩著耳，嚇得緊閉起雙眼，彷彿凶手就在她們面前似的。

一票人耐心的等她們哭完喊完，林淮喆直接把夏玄允推出去，他那個人畜無害可愛模樣，比他們更能問出些什麼。

「別哭……別哭啊！」夏玄允尷尬的看著哭腫臉的女孩們，「所以妳們不知道王雅慧去了哪裡嗎？」

及肩長棕髮的劉佳穎搖搖頭，「不知道，我們、我們下課後就分開了。」

「放學後嗎？」郭岳洋上前溫和的問。

女孩們抬頭看著他們，怎麼會有長得像二次元的男生啊？那明眸大眼的好可愛喔！

「補習後……」江盈甄哽咽的說，「我們大家都在同一個補習班。」

「噢，對！」夏玄允跟郭岳洋互相點頭，「高中都要補習的，差點忘了。」

汪聿芃眨著眼，「我昨天聽見妳們說賭輸了要懲罰。」

喝！少女們明顯的顫了一下身子，紛紛錯愕的回頭看向門邊的汪聿芃，有人投以驚愕，有人慌亂不已，也有人嗚咽的又哭了起來。

「看來是有這麼回事了。」毛穎德接口，「賭輸的去玩血腥瑪麗嗎？」

沒有人搭腔，大家只是緊抿著唇，彷彿說出來是多麼十惡不赦的事。

「喂！妳們是在瞞什麼啦？王雅慧死得多慘妳們是沒看見!?」鄭宗霖不爽的跳出來指著大家吼，「眼睛都被挖出來了，臉被割得亂七八糟，身上都是洞……我聽警察說她是被凌虐至死的！」

「呀——」這只是嚇得女孩子更激動，人人掩耳尖叫，郭岳洋回頭朝鄭宗霖比了噓，林淮喆直接上前巴頭。

「你是想嚇誰啊！」他拖著學弟往外走，「現在是想知道眞相，你只會嚇得她們更不敢說而已。」

「可是——」鄭宗霖就是急，看不慣她們那副模樣。

「我只是說好玩的！我看見驚奇屋裡的血腥瑪麗浴室，所以才提議說輸的要去召喚！」江盈甄開了口，顫抖不已，「但我們沒有逼著王雅慧一定要去、她不可能會去的，我們……我們甚至不知道她去了！」

喔喔喔！夏玄允眼神都迸出萬丈光芒了，「所以妳們眞的——要她去召喚血腥瑪麗？」

女孩子們面面相覷，最終還是點了頭。

「眞的只是說好玩的，王雅慧輸了，所以她應該要去召喚血腥瑪麗……因爲我們對這個都市傳說很好奇。」王美怡指向何嘉瑄，「而且因爲驚奇屋裡剛好有這個場景……但我們眞沒逼她！」

「然後呢？妳們在外面等嗎？」周庭卉覺得不可思議，「不對，如果她沒出來妳們會知道！」

少女們果然齊搖頭，「沒有，就說沒逼她了！而且誰敢眞的去啊！只是開玩笑的說，有去的話要錄影！」

「對啊，直到剛剛聽說她死了，我們才想說……她不會昨天晚上眞的就去了吧？」

「我才不敢相信，我早上才收到她簡訊的！」江盈甄哭了出來，痛苦的蹲下身子。

果然是試膽。

平常人不會這麼找死去玩血腥瑪麗的啊！

「妳們既然知道我們在做血腥瑪麗，怎麼還敢玩啊？」汪聿芃筆直的走入，「我記得我在聯合班會上報告過每個場景的背後故事，傳說中召喚血腥瑪麗出來的人，都只有死路一條啊！」

「欸，這倒不一定。」郭岳洋突然就反駁了。

汪聿芃狐疑看向他，皺起眉，「我查到的是這樣。」

「眞的沒有活口，又怎麼知道裡面的狀況？如何點蠟燭？在鏡像裡看到什麼？」郭岳洋輕勾嘴角，「都市傳說是很玄，但它依然只是個傳說，會有人們穿鑿附會的故事，所以才有各種版本，至少……我不認爲凡召喚血腥瑪麗的就一定會死。」

「但是也不會太開心就是了。」林淮喆連忙補充，「我聽說血腥瑪麗與其說是都市傳說，不如說是一種鏡中邪靈。」

「噢噢，我希望她是都市傳說。」夏玄允哼著曲調般說話，「邪靈的話請梵諦岡去一趟不就結了？」

「夠了！我希望什麼都不是！」毛穎德不悅的出聲，但也只是說說，因爲他心底明白這的確是都市傳說。「既然妳們要求她錄影，昨天分手後她都沒有傳給妳們任何影片或照片嗎？」

少女們紛紛搖頭，「唯一收到訊息的只有江盈甄了。」

「就……幫她請假。」江盈甄抽抽噎噎的抹著淚，「我甚至不知道她爲什麼叫我幫她請假，應該要找也是找……何嘉瑄……」

因爲何嘉瑄跟王雅慧才是最要好的啊！

「或許因爲是妳提議去玩血腥瑪麗的！」汪聿芃驀地迸出莫名其妙的一句話。

大家錯愕的看向汪聿芃，這女孩的神經迴路果然有點奇怪。

「好妙的推理喔！」夏玄允倒是笑了起來，「妳怎麼推的啊？王雅慧是請她幫忙請假，不是報告耶！」

只見汪聿芃噢了一聲，還在那邊——「對厚！」

「汪聿芃！」劉佳穎卻不爽了，「妳不要亂講話好不好，情況已經夠糟了！妳還雪上加霜！」

何嘉瑄趕緊上前拉過江盈甄，低語著一邊搖頭，大家都用詭異的眼神看著汪聿芃，她倒是無所謂的姿態。

「聿芃比較跳一點。」周庭卉低聲補充，「她都想自己的，反應也比較慢，不能用常理去推斷。」

「這樣子你們讓她當總企劃喔？」這對同樣身為總執行的郭岳洋來說，非常的震驚，因為這樣子的進度會很緩慢且錯亂吧！

「喔，聿芃非常仔細，執行上沒有問題，只是跳TONE一點而已。」鄭宗霖對她可是很有信心，「她有時候會這樣，不要太介意啦！」

這不是介不介意的問題啊，她跳得也太大了。

原來看似精明幹練的冷靜模樣，是因為思考迴路可能在想別的事情啊……

「所以雅慧眞的來召喚血腥瑪麗嗎？」其他女孩緊張兮兮，「然後被……」

「我不知道，那個眞的能召喚出來嗎？」何嘉瑄恐懼的抱著雙肩，眼神瞄向了鄭宗霖他們。

「應該不、不會吧！」鄭宗霖尷尬的接收到大家的眼神，又想起稍早之前才被夏玄允罵的經過，「他們、他們都是都市傳說社的學長，那個不是單獨進入浴室的話，是無法召喚的！對對對！所以……」

「可是雅慧是一個人進去的吧。」汪聿芃認真的問，「如果她是昨晚來的，那肯定就是一個人。」

是啊……學校早已放學，她隻身進入了浴室裡……

「等一下，你們以爲自己都是柯南喔？」周庭卉忍不住制止一切，「思考一下，她怎麼進來？警衛不會發現嗎？而且眞的召喚血腥瑪麗的話，她的尖叫聲也不可能聽不到吧？」

何嘉瑄轉著眼珠子，彷彿在說：如果她被殺時警衛不在附近，就沒人知道了吧？

「庭卉說得有理啦，基本上雅慧要走進學校就是個問題了。」鄭宗霖擺擺手「大家還是不要亂猜了，我覺得這可能是謀殺案，反而大家要提高警覺，不要當成怪談在說。」

耳洞穿一排的曾之鳳笑得很尷尬，「如果是他殺，我覺得比血腥瑪麗更可怕了……」

「之鳳，我們今天一起走啦！」芝芝嚷著，她跟曾之鳳手上有一對一樣的幸運繩，看得出感情很好。

「芝芝膽子最小了。」劉佳穎還有空開玩笑。

芝芝噘起嘴，拜託……折磨虐待挖眼放血，這根本是變態殺人狂吧！誰不怕啊！

「照這樣說來，雖然王雅慧有傳LINE給江盈甄，但是她的手機並沒有在身上……」郭岳洋已經在思考別件事了，「是不是她傳的，就得打上問號了。」

「啊……這樣聽起來好嚇人！」女孩們縮起頸子，就像真的有個殺人魔在外面啊！

不，在學校裡。

「先醬子吧，有想到什麼可以請妳們跟我說嗎？」夏玄允突然上前發放「都市傳說社」的名片，「不管是什麼蛛絲馬跡都可以，然後——」

林淮喆突然上前，卡在夏玄允跟少女們中間，「做人不要太過分喔，這裡是S大附屬高中，你這個A大的都市傳說社不要來拉人！」

「哎，又不一定她們都會直升S大！」夏玄允還用閃亮亮的眼神拜託。

「我不管！喂，我們社團是剩沒幾人，但好歹S大的都市傳說社還活著好嗎！」林淮喆看向毛穎德，「拖回去！」

唉，毛穎德逕自旋身，「我要走了！」

難得想輕鬆點跟朋友會面、來參加個高中校慶，天曉得居然會有屍體從天而降，而且……他擰緊眉心，他的肩膀眞的是從骨子裡竄出來的疼，只是沒有之前都市傳說近在眼前時的劇痛難捱。

這只代表一個更糟的事實，這裡只是都市傳說的殘留蹤跡，都市傳說本尊……並沒有在這裡面。

S高中女生在校遇害的命案甚囂塵上，幾乎佔滿了前一晚的所有新聞，彷彿這個國家二十四小時內，只有一件值得探討的事。

當然校園安全需要注意，不過新聞報導卻刻意製造某種恐慌。

王雅慧的死隨著調查的進展，非常的離奇，因爲警方問了她死亡那天晚上的值班警衛，學校警衛在巡邏時的確有發現到潛入的學生，他說她是尖叫著衝出來的，看起來受到很大的驚嚇。

他走進去探究她在裡面遇到了什麼，結果什麼都沒有就算了，一轉身出來後女學生竟跑了！所以他不敢上報，就怕被人說失職——誰知道，她的屍體會出現在驚奇屋的另一端。

更妙的是，警衛甚至不能確認衝出來的是王雅慧。

就知道是個女學生，沒看見衣服上繡的名字，只知道頭髮過肩，因爲光線很暗，連什麼顏色的頭髮都沒搞清楚，她人就跑了。

警衛難受的喊冤，他眞的認爲女學生是怕被罰所以跑了，他完全沒想到她會死在學校裡。

「這樣感覺好可怕喔，聽起來學校裡有凶手？」

「該不會就是那個警衛吧？」

「啊哈哈，這是在寫小說喔！」

早上的上學人潮，這話題在各校學生中傳開，畢竟在校園裡發生這樣殘忍又離奇的命案，根本是人心惶惶。

「我只覺得凶手非常變態。」連男生都在討論，「我看新聞說連眼珠子都挖出來了。」

「厚，一大早可以不要說這個嗎！」高大的男孩正在喝著飲料，「我正在吃早餐耶！」

「哈哈哈，你怕喔？」同學勾過他的頸子，打趣的嚷著。

「不是怕不怕的問題，就沒必要提啊！」男孩很無奈，一口氣喝完豆漿，「而且我還覺得新聞都報導太詳盡了，像怕別人不知道該怎麼殺人似的。」

他走到路邊的垃圾桶去，把飲料罐丟進去。

這個轉角的垃圾桶「腹地」很大，因爲後頭是個待建的空地，雜草叢生，所以一堆人都把各式各樣的垃圾往這附近倒，因此垃圾桶雖然只有兩個，但「場地」卻有一塊。

雖說已經到了隨手扔就可以的地步，男孩還是很規矩的，試圖從一公尺遠的距離把小小的紙杯扔進窄小的垃圾桶口中。

咻～正中，他揚起微笑。

「你神經喔，隨便扔不就好了！」其他同學說著，就把自個兒的整袋垃圾往垃圾場堆拋，垃圾越過了垃圾桶後方，落進了垃圾堆裡。

「厚，他是在練準確度好嗎！你看他投得多準！」

男孩聳聳肩，怎麼說都行，他就是不想亂丟垃圾。

轉過身，男孩們繼續往學校前進，並繼續剛剛那令人髮指的新聞，其實S高中就在附近而已，大概一站輕軌的距離。

「嗯。」高大男孩突然停下腳步。

「所以說啊，我覺得……啊童胤恒你是怎樣？」右手邊的同學走一走，發現中間那位同學不見了。

兩個男生不約而同看向童胤恒，他盯著地板，皺起眉。

「是幹嘛啦？」

童胤恒微舉腳板，他的藍色球鞋邊緣，沾上了紅色。

在側邊，不仔細瞧可能還沒看見，但是他就是留意到了！童胤恒重新回頭看向那堆垃圾堆，然後轉身折返。

「喂！童子軍！要遲到了耶！」

「你們先去！」他喊著，重新走回剛剛丟垃圾的地方。

剛剛他是站在這裡把紙杯往裡面丟的，右腳往前踏，所以有踩到這邊人行道上的一些垃……他用腳尖把前方的垃圾袋移開，看見的是黏膩的血窪。

奔跑聲逼近，同學哪可能扔下怪里怪氣的他，「我說你可以不要執著於垃圾嗎？還說你……」

同學看見他詭異的動作、揭起的垃圾袋，還有那些垃圾袋底下沾黏的紅色液體了。

「靠……」

童胤恒二話不說，繼續用腳把垃圾袋撥開，然後大跳進垃圾堆裡，跨步上人行道，繞到垃圾桶後方，剛剛同學扔東西的位子。

「童子軍！」同學也察覺到不對勁了，那會是普通廣告顏料嗎？

童胤恒小心翼翼的撥開各式各樣的垃圾，一邊希望不要是他所想的；一邊又很想一探究竟——在某個麵包袋的底下，露出了一整排耳環的耳朵。

腦海裡閃過一張臉孔，他認得這個女生。

他僵直著身子，忍住顫抖，再把另一邊垃圾撥開……撥……

「報警……」

「童子軍？」馬路上的他們沒聽清楚。

「快點報警！」童胤恒扯開了嗓門，「又有女孩子的屍體了！」

第三章 血與蠟燭

曾之鳳的屍體在垃圾堆裡被找到。

跟王雅慧不同的是，她一絲不掛的身子上滿是傷口，比王雅慧擁有更多的穿刺傷與切割傷口，還有整張臉皮被鱗片狀割下，相同的，她也沒有眼珠子。

驗屍檯上，法醫將屍體翻面，她的背部中央，有一個碗公大的傷口。

「直徑十公分，從後面刺穿。」法醫再將她翻到正面，對應的傷口卻只有一丁點兒，「尖端只有兩公分，是個柱狀錐形物，這是致命傷。」

章警官眉頭深鎖，連續兩天、兩個女孩，都被極盡凌虐而慘死。

「其他傷口是生前還是死後？」

「全部都是生前。」法醫確認的說，「這個大錐狀物刺穿她後，使她慢速流血而亡，這可以持續幾個小時，這幾個小時或許被凌虐，或許是先虐待她後才刺穿她，讓她慢慢等死。」

「我的天哪！是什麼人會這麼變態？」警察們忿忿不平，「一定要快點把這混帳抓到！」

「性侵痕跡？」

「沒有。」法醫立即否認，「這個沒有，昨天那位也沒有，她們就只是被折磨而已，噢……」

法醫動手把曾之鳳的眼皮撐開，露出兩個窟窿，「今天這個手法比昨天的更純熟許多，眼窩組織挖得很徹底。」

「唉，眞是謝謝你的分析。」章警官一點都聽不出這是好消息，「感覺凶手好像進步很多。」

「以他的立場是啊，折磨法也更殘忍了！」法醫完全用傷口來判定，「這一具生前所受的痛苦，絕對是前一位的一倍以上。」

「知道了。」章警官向法醫道謝後，轉身走出，一票警察們都義憤塡膺。

「我們一定要快點抓到那個變態凶手！一天一具！天曉得接下來還有多少女孩會受害！」

「又是S高的，凶手絕對有地緣！」

「好，大家快點就各種線索去調查，然後向各高中發出警告令，請女孩子們結伴而行。」章警官交代著，「死者那邊的狀況也要瞭解，調查學生爲什麼會落單？爲什麼父母完全沒有報案？」

「是！」

警察們個個鬥志高昂，遇到這種令人作噁的凶手，就是一定要將其緝捕歸案，繩之以法！

另一頭走廊走來鑑識人員，在學生校慶裡的東西差不多都驗出來了，確定了浴缸裡的血不是王雅慧的血，那三間教室完全不是第一現場，與曾之鳳如出一轍，都是血液流乾的屍體。

「沒找到第一現場，但我們找到王雅慧的血了。」鑑識人員一臉神祕，「就在曾之鳳的屍體下方。」

屍體發現者腳踩上的那堆鮮血，並不是死者的，而是來自上一具屍體。

「……這是在證明兩個死者相關嗎？那兩具屍體的第一現場在哪裡？流這麼多血，除非很隱密。」章警官看著報告搖頭，「問題是，現在高中生有這麼好騙，可以拐她們到屋子裡嗎？」

鑑識人員聳聳肩，「這很難說的！說不定是去見網友！」

「同一個？」章警官繼續搖頭，「這什麼？」

「噢，這就是最神奇的地方了。」鑑識人員的指尖在寫字板上敲呀敲的，「你們那邊不是有幾個大學生常客嗎？什麼都市傳說社的？要不要問問？」

「問他們？」章警官眼神移到了文件上，關於蠟燭的報告。

「問問他們，召喚血腥瑪麗要用到含有血肉的蠟燭嗎？」

郭岳洋抱著檢驗報告，瞠目結舌的望著上頭的報告結果，夏玄允則是看著章警官手機裡的照片，也是吃驚咋舌。

「屍體蠟燭？」郭岳洋是用讚嘆的語氣問的。

章警官大駕光臨A大「都市傳說社」，一屋子社員無不用羨幕又興奮的眼神看著警察蒞臨；馮千靜倒是沒躲到鐵櫃後面去，她平常有自己的專屬空間，社團辦公室的鐵櫃書架離牆有一公尺的距離，她總是跟毛穎德架張桌子窩在裡面，避開所有視線，不跟其他訪客有過多的接觸。

但來的是章叔，讓她覺得事態嚴重。

「對，驗出來裡面有鼠肉、還有其他的動物屍體。」章警官有些無奈，「我問了鄭宗霖，負責道具的人嚇死了，他說他明明是買普通蠟燭。」

「這就證實真有人去過。」夏玄允勾起笑容，「她把蠟燭取走時，拿錯了！」

「的確長得不一樣，這是唯一的可能，也已經確定鏡子前有過其他蠟淚痕跡還有其他人在那邊點蠟燭。」章警官望著他們幾個，「我知道你那眼神是什麼意義，夏天！但是你知道這麼殘忍的手法，你們不能就這樣歸給一個……都市傳說啊！」

「我們沒有歸啊！」夏玄允還一臉困惑，「說眞的，如果是血腥瑪麗，不會有這麼多後續啊……除非，曾之鳳也召喚了血腥瑪麗？」

「每天都有人召喚也太奇怪了，昨天那驚奇屋不是已被封鎖了嗎？」元老社員之一的林詩倪早知道這件事，雀躍得很，「況且昨天就發生命案，還有人敢繼續召喚嗎？」

「所以我只是路過這裡，想跟你們分享一下，但我們還是會全力往變態殺人方向去追查。」章警官起了身，「如果你們有發現到什麼，再跟我說，你們跟那些學生比較好說話。」

「好的！」夏玄允也起身送章警官。

馮千靜自然是要送他到電梯的，毛穎德也跟著走出，讓夏玄允先回社辦去。「都市傳說社」在社辦大樓長廊的最後一間，他們三人在長廊上走著，到了尾端向右才是電梯。

「妳自己也要小心，目前雖然都是針對高中女生，但難保只是巧合。」章警官看向馮千靜，「這個人下手很殘忍，而且女孩子都會被帶走，說不定有被下藥，雖然妳身手了得，但還是不要大意。」

「我知道。」馮千靜勉強笑著，「狗仔盯我這麼緊，我暫時不會太張揚。」

「對了，妳爸那天也在煩惱這件事，他想叫妳休學。」章警官是反對的，「我跟他說妳這年紀就是該唸書，妳已經努力的維持事業了，他不該逼妳逼得太緊。」

馮千靜略鬆口氣，「謝謝章叔幫忙。」

「說什麼。」來到電梯前，毛穎德主動上前爲他按了電梯，章警官瞥了他一眼，淺淺笑著。

「你們的事跟妳爸說了嗎？」

咦？馮千靜跟毛穎德同時瞪圓雙眼，兩眼發直的看向章警官，他、他在說什麼啊？打從見到章警官開始，他們很少說話，手沒牽、話沒說的，到底是怎麼看出來的？

「章叔，你說什麼？」馮千靜調適心情後趕緊開口，「毛穎德你又不是不認識，老爸也知道他，就住在一起，然後社團的……」

「呵呵，妳當妳章叔是誰？」章警官笑著，「眞要在一起，跟經紀公司也得說一下啊！妳畢竟代言廣告，萬一影響銷售就不好了。」

哇，毛穎德一句話都不敢吭，到底是怎麼看出來的？

電梯抵達，章警官步入電梯，馮千靜立即衝上去抵住電梯門，「等等！章叔，話說清楚——你怎麼看出來的？我們應該裝得很好啊！」

「是嗎？」章叔挑了眉，打趣的笑。

「非常好吧，我們兩個幾乎沒有交集耶！」馮千靜瞪圓雙眼，「您得告訴我，我不希望被哪個狗仔看出來啊！」

「太刻意啦！既然是好友又是室友，怎麼可能都沒交集！」章叔笑了起來，「而且那小子看妳的眼神挺炙熱的！」

什麼!?馮千靜倏地回頭，「問題出在你喔！」

「我？我沒有啊！」毛穎德無辜的說著，「我已經很避免注意妳了！」

「哎呀，千靜！妳讓一個喜歡妳的人忍著不看妳，這太強人所難了！」章叔拍拍她的手，「好了，章叔眞得走了，這案子大，我得快點去查。」

馮千靜咬著唇，鬆開手退了一步，「章叔再見。」

電梯門緩緩關上，馮千靜只覺得耳根子熱，側首回頭瞪向毛穎德，就是他露餡！

「別瞪我啊，我只瞥了一兩次而已好嗎！」毛穎德喊冤，「我怎麼知道我眼神是怎樣！」

「我只希望別人看不出來！」她轉過身，雙手掩臉，「我現在臉紅著對吧？」

毛穎德劃上微笑，忍俊不住的笑意，「嗯，很好看！」

「好看你個頭啦！」她益加尷尬，拿手當扇子搧著，「好煩好煩！」

毛穎德笑看著熊一樣在電梯前繞呀繞的馮千靜，她羞紅臉的樣子，眞的很可愛！就算現在是僞裝的姿態，亂髮又邋遢，在他眼裡還是那個亮眼迷人的馮千靜。

「別再看我啦！我臉要被燒穿了！」她嚷著，「我們先回去吧，我這樣子不能回社辦讓夏天他們看見……去幫我拿包包。」

「好。」毛穎德點點頭，才走兩步又止住，「那個……等等他們可能會去S高，妳要一起去嗎？」

「還去啊？剩下的事交給章叔就行了吧！」馮千靜嘆了口氣，「這次的都市傳說棘手麻煩，正事讓警察去煩惱就好了，叫夏天他們不要多管閒事。」

毛穎德沒說話，只是默然的望著她。

因爲太專注了，反而讓馮千靜覺得不對勁。

「你沉默是什麼意思？」她蹙眉，嚴肅的走近他，「別告訴我你左肩——」

毛穎德點點頭，「那天在浴室裡就痛了，發現屍體後更痛，只是不到不能忍的地步。」

馮千靜詫異的看著他，手立刻按上他左肩，「我的天哪！你幹嘛不說？」

「我知道妳討厭都市傳說，我本想著事情可能很快就結束，畢竟召喚血腥瑪麗出來的，應該都立刻出事！」毛穎德也是情非得已，「但是昨天又一個……死者是那天我也見過的女生，她們跟王雅慧都是一掛的，今天換她出事，我覺得不太對。」

只見馮千靜不耐煩的低吼著，回身踱步，嘴裡唸唸有詞，她真的很討厭都市傳說！每一次遇到都是令人毛骨悚然的難纏！

但是，好像沒有哪個都市傳說手法這麼殘忍的！

「煩死了！走吧！」馮千靜一推開社團大門立刻吆喝。

咦？夏玄允跟郭岳洋愣愣的看著她，「走？走去哪？」

「不趕快搞清楚是怎麼回事，要等第三具嗎？」她一邊走進來拎背包，一邊叨唸著，「林詩倪，就麻煩妳……」

「我會！我會找出所有跟血腥瑪麗有關的都市傳說。」這聲音可飛揚了，「各種版本我都會做交叉比對！」

「喔喔喔喔！」夏玄允簡直喜出望外，「小靜要幫我們喔！」

「血腥瑪麗感覺比裂嘴女還超過，我有很不好的預感。」郭岳洋看見蠟燭後憂心忡忡，「尤其我不懂，爲什麼有人會特地製作這種蠟燭召喚血腥瑪麗？」

「特地做的？」毛穎德瞇起眼，「是啊，這種應該不好買。」

「我記得我們社團裡有寫吧，有人寫出召喚法，其中一篇就說要準備有屍體的蠟燭。」大頭有些遲疑，「生肉其實很好取得，老鼠肉也不難，只是……」

「我們有寫喔？」夏玄允愣了一下，他不記得了。

郭岳洋隨便回憶一下，瞄了林詩倪一眼，「好像眞的有。」

馮千靜沒好氣的瞪著他們，是不是不該寫得這麼清楚？

夏玄允尷尬的抱著紙張，也才兩頁隨意翻著，「上面分析出的肉品有……」他頓住了。

夏玄允掀開蠟燭成分的那張紙，卻專注的看著下頭那張影本；郭岳洋知道不對勁，立刻湊上前去看，越看眉頭蹙得越緊。

「牆上的血跡應……是人血。」郭岳洋輕聲說著，「但目前沒有比對出……」

「牆上的血跡反應？」馮千靜忍不住回憶著，「你們是說白色瓷磚牆縫中流下來的鮮血……是眞的？」

夏玄允抬起頭，點了點，「是O型血，全是人血。」

哇，這驚奇屋的成本也太高了吧，那些學生怎麼可能拿人血去抹呢？馮千靜揹上包包，催促著夏玄允跟郭岳洋快點走了！

校慶當天驚奇屋開張後，滿牆都是鮮血，卻又跟王雅慧不合，這不就代表在這之前，還有另一個人？

S高中離他們有段距離，雖說輕軌方便，但是夏玄允認爲開車機動性會更強，所以他們決定開車前往；由於時間已過放學時間了，要在學校裡問事有點困難，因此去電問鄭宗霖，有沒有可以一起集合的機會。

結果，他們今天本來就有小組聚會，妙的是約在了江盈甄家裡。

「爲什麼約在這裡？」馮千靜不懂，「江盈甄是驚奇屋執行組的人嗎？」

「雖說大部分的人都是驚奇屋組的，不過江盈甄眞的不是，她們那票都負責飲料攤子。」郭岳洋記得眞熟。

「那鄭宗霖爲什麼說執行組在江盈甄家聚會？」毛穎德覺得更深奧了。

車子從大路轉進小巷後，大家一秒知道答案，眼前可是透天別墅區啊，三棟透天別墅，底下都有車庫，而現在車庫門大開的在那兒等待他們。

「哇……」夏玄允果然一下就明白，「答案是他們家最大吧！」

「這裡是精華地段耶，三棟樓百坪透天屋？」郭岳洋計算車庫大小，「他們家車庫最少可以停五台車。」

「七台。」

裡頭小樓梯上不知何時站著汪聿芃，微笑看著他們。

「嗨！聿芃！」夏玄允超親暱的叫著，馮千靜轉向毛穎德，用嘴型問著：誰？

「忘了喔，她就是帶我們逛驚奇屋那個，她叫汪聿芃。」毛穎德懶得介紹怎麼寫，先知道怎麼唸就好。

「其實他們家是兩百五十坪。」汪聿芃還在更正，「江盈甄家很大，還有專門的會客室，所以我們就到她家來聚。」

「說來聚就來，也要她願意啊？」馮千靜還是覺得有點離譜。

「當然是她願意的啊，她現在也算當事者之一，大家想要談談之前究竟發生什麼事，她就提供場地了。」汪聿芃突然開心的笑著，「也提供點心喔！」

這是重點嗎？

郭岳洋忍著笑意，向汪聿芃道謝，她領著他們自屋內離開車庫，進入屋子；

這屋子的闊氣令人驚訝，這的確是有錢人的房子，但毛穎德也不至於太訝異，因為夏玄允是標準富二代，從小一起長大的他，對於夏玄允的一切很是熟忍。

郭岳洋家境小康也不差，但好奇的他還是看著這屋子裡的奢華，毛穎德偷瞥馮千靜一眼，這女人就更別說了，她是格鬥家小靜，代言費賺到翻，年收入是正常人的數十倍到數百倍，這種等級她也不會太吃驚。

汪聿芃看著他們，玫瑰色眼鏡下的雙眼又似打量般的注視。

「我不喜歡人家一直盯著我看。」馮千靜直接挑明了說，戴著鴨舌帽的她，都能感受到要被視線灼穿。

「噢，對不起。」汪聿芃說話沒什麼起伏，正首往前。

林淮喆跟吳雯茜匆忙走來，帶著點驚喜，「你們眞的來了!?」

「呃……好像不太受歡迎?」毛穎德覺得他們表情很複雜。

「你們來的話，」林淮喆挑了眉，「就不是什麼好事了!」

「說什麼!事情已經發生了，跟我們哪有關係!」夏玄允一派自然，「我們是來釐清事情，而且希望不要再發生的。」

吳雯茜苦笑著，「眞是血腥瑪麗?」

「可能性很高。」郭岳洋勸慰著，「但還不能百分之百保證啦。」

後頭的馮千靜看了一眼毛穎德，他無奈的用嘴型說：百分之百。

他們被領到寬敞的會客室，裡頭有大型橢圓餐桌，一票高中生看見他們都很緊張，大概從知道他們要來開始就很害怕！

因爲夏玄允是「都市傳說社」的代表，這間「都市傳說社」現在是網紅了，無人不知無人不曉，他們遇到的、破解的都市傳說不勝其數，但是中間也夾帶著死亡與失蹤案。

有人會說穿鑿附會、有人說只是巧合，也有人說「都市傳說社」把社會案件嵌入自己喜歡的都市傳說再亂傳，眞相是什麼大家其實都無所謂，重點是那些歷程日記，寫得活生生又血淋淋的可怕。

今天，他們要參加S高女孩們的聚會，只怕就眞的跟都市傳說有關係了。

桌上的高中女生個個眼睛都是紅的，昨天才一起在爲王雅慧哭泣的曾之鳳，今天也成了另一具冰冷的遺體。

「今天的聚會是……大家就是想聊聊。」鄭宗霖是主持者，「我們也不知道該怎麼辦，但是大家心情都很不好。」

「之鳳……之鳳爲什麼會出事？」何嘉瑄望著眼前的蛋糕，一口都吃不下去，「她不可能去玩什麼都市傳說！絕對不可能！」

江盈甄抬起頭看著對面的何嘉瑄，淚水滾了下來，「誰會去召喚啊！經過昨天的事情後，大家不是都怕……」

有人拿指關節敲著桌子，「不要一直講都市傳說，這是變態殺人狂吧！」周庭卉義正詞嚴。

「問題是，一開始就是因爲都市傳說啊！」同伴劉佳穎恐懼的說著，「是我們要雅慧去召喚血腥瑪麗的，所以她才……」

「那不一定！人死得這麼慘，要我眞的相信是都市傳說，我理智上很難克服。」鄭宗霖也說出了心底的想法，「雖然憧憬，也覺得好像很有意思，但看見王雅慧的樣子，就知道是人做的。」

「那倒不一定，裂嘴女的手法也不手軟啊。」夏玄允笑著說，「當初一開始也是被認爲是變態殺人犯呢！」

幾個不熟識夏玄允的女孩轉過來，緊皺著眉與眼神透露著：你到底在說什麼的表情。

「我聽說昨天跟曾之鳳一起回家的是何嘉瑄不是嗎？」汪聿芃突然切入重點，「後來呢？」

何嘉瑄愣了一下，看著始終站在桌邊，不打算坐下的汪聿芃，「我？什麼然後呢？我們只是坐同一個方向的輕軌，她先到先下車……然後我就不知道了啊！」

「妳們昨天又有打什麼賭或是懲罰嗎？」郭岳洋小心翼翼的問著，這問題本身很爛，「例如想召喚血腥瑪麗出來，問問王雅慧發生了什麼事？」

一群高中女生望著他，眨了眨眼，簡直不敢相信他會問出這種蠢問題！

「你在說什麼啊！誰會去做這種事！」劉佳穎是真的拍桌子站起來的。

「有病啊！一個雅慧還不夠，還會去召喚那種東西！」王美怡瞠目。

「叫血腥瑪麗出來破案嗎？」何嘉瑄看著郭岳洋搖頭，「這種事我們應該去找警察！」

林淮喆上前把郭岳洋往後拉，問題要問對啊先生！

「郭岳洋只是把各種可能性列出來而已，大家不要太激動。」吳雯茜上前打著圓場，江盈甄淚眼汪汪的緩速搖著頭。

突然間，背後有輕微碰撞聲傳來，馮千靜回眸看去，從會客室後方的廚房裡竟走出一個佝僂的老婆婆，她推著餐車，一步步吃力的走進來，上頭的杯盤因此搖晃。

「啊！我來！」馮千靜立刻上前幫忙，「婆婆，我來就可以了。」

「是啊，怎麼……」陳睿彥眼神落到江盈甄身上，這位是誰啊，她怎麼讓老人家準備餐點呢？

江盈甄望著老人家，不由得皺起眉，「我不是說不要出來嗎！」

噢噢，這語氣還眞不好。

「我、我想準備一些餐點……」老人家駝背得相當嚴重，都彎過腰了，走路異常吃力。

「都已經夠了！妳快回去……哎！」江盈甄直接站起來，扶起老人家，「我先扶她進去！」

氣氛有點尷尬，大家默默喝茶吃著甜點，但悲傷還是盈滿空間，直到江盈甄回來。

「那誰啊？」何嘉瑄好奇的問，「我記得妳家沒什麼人啊，妳爸不是在加拿大？」

「我外婆，來看我的。」江盈甄淡淡的說著，「有點擔心這兩天學校的事。」

「誰都會擔心，說不定明天我媽就叫我不要上學了。」劉佳穎悶悶的說。

又是一陣靜默，馮千靜逕自倒了杯熱茶喝，看著這些學生蒼白的臉色，其實可以想像她們受到的打擊。

「所以曾之鳳下車後，就沒人跟她再聯絡，她早上也沒託誰請假？」馮千靜隨口問著。

女孩子們紛紛搖頭。

「……」突然有人像是壓抑很久的噗哭出聲，一個瘦小的男生，發著抖、掩住嘴。

「怎麼了？」鄭宗霖伸手搭上他肩，「明，你不要哭，怎麼回事？」

「我在想會不會是我們的錯……我們做的浴室讓人在無意識的狀態召喚出血腥瑪麗了！」他嗚呼的就哭了出來，坐在他身邊的另一個女生直接伏案痛哭，全身都在發抖。

周庭卉咬著唇，她憂心的看著林淮喆，用嘴型說著「道具美術組」，也就是說，在牆上寫召喚三次「Bloody Mary」的，就是他們。

「你們只是美術，我才是決定樣子的人，你們不過是照著我說的去做。」汪聿芃站在桌邊，卻平靜得無以復加，「真的有事就怪我吧。」

怪妳？夏玄允看著汪聿芃，她話是這麼說，但表情完全看不出來，倒不是沒有歉意，而是什麼都沒有。

好平靜的一個人喔！

不過郭岳洋根本沒在管剛剛誰說了什麼，一聽見道具組，即刻上前介入一男一女中間，「欸，你們是道具組對吧，那我問你們，牆上的血是誰做的？」

咦？伏案的男女頓了幾秒，女生緩緩抬起頭來，越過郭岳洋，看向夥伴，「是明吧！」

「不是我！」明錯愕的嚷著，「我以爲是妳啊！你們是說從瓷磚縫隙裡流下來的那些血跡對吧？」

「對！」郭岳洋調出手機，他當然有拍囉，「這個，燈都打亮之後我拍的，看，滿牆的血從縫隙裡流下，很美的線條……」

向左向右望了兩輪，兩個學生紛紛搖頭，越搖越用力，「不是我們，我以爲是——」

他們互相指了彼此，接著就是更加的慌亂與驚愕。

「不要怕！不要急！」郭岳洋趕緊先安撫他們的情緒，「不是你們做的……那之前沒有這些血跡嗎？」

學生們搖頭。

「那你們隔天看到時沒有覺得哪裡怪怪的？」林淮喆倒是也好奇。

「我們……就以爲是對方做的。」明有些急，「浴室不是我們沒完成的重點，我們最後一天都著眼在機關的順利及小門隱藏，所以校慶那天早上也只是大概巡一下，根本沒有在意那些！」

「對啊，確定每個機關都ＯＫ，還有隱藏門窗最重要，不能讓參觀者留意到……對，我檢查過的。」女孩再度哭泣，「我只檢查假人能不能順利滑下來，我沒有注意到王雅慧掛在上面！」

痛心的哭聲傳來，只是引發更大的悲傷共鳴，夏玄允也趕緊上前安慰著女孩，她們誰都不是凶手，眞的沒有必要爲此自責！

汪聿芃默默的站在一旁，看著一片哀悽，「所以，那些血是誰弄的呢？」

陳睿彥抬首，這女孩眞的無論如何都不會偏離正題耶！

「不知道，這就是關鍵了。」夏玄允突然精神抖擻，「因爲化驗出來，牆上的血是：人血！」

咦！不說道具組了，連那冷靜的汪聿芃都瞪圓了雙眼。

「人血？怎麼可能……」鄭宗霖倒抽一口氣，「雅慧的？」

「不不，不是她的！只知道是O型血，但不是王雅慧的。」郭岳洋趕緊說明，「還有在鏡子前點的蠟燭，被調包了！」

「噫……」江盈甄忍不住驚叫，「蠟燭也有問題？」

「不可能的！蠟燭是早就釘在那裡的！」女孩相當堅持，「我們用很多蠟淚固定的！還在那邊試玩過，沒有問題！」

「不是你們的蠟燭有問題。」郭岳洋微微一笑，「是有人拿了蠟燭進去，拔走時卻拔錯了，導致留在裡頭的蠟燭——校慶那天大家看到的都是新貨。」

「不對啊，蠟燭成分也有標記？」聰明陳睿彥即刻提出問題，「否則怎麼會知道哪個是校慶原本的，哪個是後來被替代的？」

「因爲留下來的蠟燭有一支是用動物的屍體跟血做成的。」馮千靜忍不住走上前，「搞懂了嗎！現在有一整間莫名其妙出現的人血牆、一根被某人留下來的血肉蠟燭，有人在校慶前進去那間浴室。」

「嗄……」所有人都臉色蒼白，鄭宗霖還拿出手機查看。

「我們前一天七點離開，我們已經是最後一批離開的了，學校沒有人了啊！」

鄭宗霖趕緊看向汪聿芃，「聿芃！」

「我做最後檢查的，主任催我們走，我們才不得不離開。」汪聿芃仔細的翻看自己的紀錄本，「我檢查時，浴室牆壁的確沒有血液流下。」

「所以變化是在你們離校後十二個小時之內，至於王雅慧——」馮千靜轉向何嘉瑄她們，「九點補習班下課，大家分開，她是在九點到天亮前出事的，警衛也說的確有學生進入設計後的驚奇屋，只是他連誰都不知道。」

「雅慧眞的去了嗎？」劉佳穎虛脫的說著，承認這一點就像承認是她們間接害死王雅慧一樣。

「我的天哪……」何嘉瑄雙手掩面，不想接受這個事實。

汪聿芃突然做了一個很深很重的深呼吸，大聲到所有人都不得不分心。

「這也很奇怪，如果她眞的去的話——」汪聿芃望向何嘉瑄，「她應該會告訴妳們吧？我如果召喚了血腥瑪麗，再怎樣也會拍一張在浴室裡的自拍照啊！」

夏玄允即刻彈指，「對！說得好！這是最奇怪的一點！就算她膽子小不敢自拍，至少也會拍一張點著蠟燭的浴室，這是一種我履約的宣告！」

「而不是隔天早上LINE江盈甄說她要請假。」郭岳洋帶著歉意看向江盈甄，「雖然我覺得那封訊息不是王雅慧傳的。」

江盈甄嚇得臉色鐵青，僵直著身子。

是啊，那封訊息是王雅慧傳送的機率太低了，她的書包跟其他東西完全都沒找到，不是被丟在其他地方，就是還在凶手那裡。

「監視器都沒拍到嗎？」吳雯茜不懂，「監視器這麼多，不管王雅慧或是曾之鳳的行蹤都看不到？」

「目前沒結果，警方還在調閱，但是我已經聽說有些監視器瞧不見。」馮千靜邊說，一邊瞄著夏玄允他們。

看看那神態，他們知道不尋常就等於接近都市傳說了。

「現在你們認為是……雅慧或是有人召喚血腥瑪麗嗎？」周庭卉嚥了口口水，「然、然後呢？召喚出來後開始濫殺？」

「這不合理！那之鳳呢？」王美怡發難，「她不會這麼做！」

「這是我們覺得比較需要擔心的地方了。」郭岳洋面有難色，「如果真的是血腥瑪麗的話……萬一她沒回去的話──」

什麼？連馮千靜都不可思議的看向郭岳洋他們，什麼叫沒回去!?

「不可能，血腥瑪麗被召喚出後，會立刻處理掉召喚者，她就只是在那個鏡子裡……啊！」陳睿彥自己都打了個寒顫。

「不一定對吧，有人是召喚後陸續出事的！」林淮喆語畢，自己驚嚇得掩嘴，「陸續……」

天哪！陸續是什麼意思!?馮千靜冷不防上前，立刻抓過眉開眼笑的夏玄允，「不要笑！現在不是笑的時候，血腥瑪麗會不立刻回去嗎？」

「沒人說會啊！」夏玄允還是難掩興奮，「傳說超多版本，並沒有明確的指出血腥瑪麗被召喚後，就一定不會離開那間浴室的道理喔！」

會客室裡一片死寂，有人雙腳不自制的打顫。

「所以……之鳳是……也是……」劉佳穎話都說不全了。

「挖掉雙眼跟毀容，是血腥瑪麗殺人的基本動作。」吳雯茜也熟知這個都市傳說，「兩個女生都有一樣的特徵，萬一眞的是血腥瑪麗的話，她爲什麼要找曾之鳳？」

其實吳雯茜想問的，爲什麼都找這票女孩？

「我想，」林淮喆不安的瞇起雙眸，「可能要問召喚者對血腥瑪麗許了什麼願吧？」

第四章 召喚

召喚血腥瑪麗當然可以許願。

即使身在「都市傳說社」……別提當初說好是湊人數的幽靈社員了，反正最後攬和進去了，還跟狂熱者住在一起，哪一次遇到都市傳說沒她的份！但就是遇到太多次了，只是讓她厭惡值增加，所以從未去研究都市傳說。

血腥瑪麗的都市傳說耳熟能詳，那是因為國外甚至有相關的影集電影，但是她從來沒想過——許願這件事。

想想也對啊！如果沒有誘因，誰要去召喚這種必死的東西！

「你知道你們說的像是王雅慧召喚血腥瑪麗出來順便許個願一樣？」馮千靜瞥向林淮喆，「然後那個願望導致曾之鳳的死亡？」

「只是猜。」林淮喆聳肩，「不然我不懂為什麼會有連續出事的情況？」

離開江盈甄家之後，他們就找地方吃晚餐了，林淮喆的「猜測」可嚇得高中生魂飛魄散，每個女生都急忙要回家，補習班都不去了，一邊低語討論著到底是不是王雅慧？

「其實武斷的說是王雅慧眞的不合理。」夏玄允一直若有所思，「我總覺得她沒有召喚血腥瑪麗。」

「就因為沒打卡？」馮千靜瞇起眼，沒好氣的扯嘴角，「拜託，那間浴室在……詭異氛圍下，誰打卡啊！更別說她進去時，是偷溜進去的耶！」

「欸，等等喔！」郭岳洋忙打斷他們，「別忘了不能確定進去的是王雅慧。」

馮千靜深呼吸，重重的放下手裡的水杯，煩！

門口風鈴聲響，伴隨著服務人員朗聲的「歡迎光臨」，馮千靜下意識回首，果然是毛穎德。

「嘿，對不起我來晚了。」他一屁股滑進馮千靜身邊空下的位子，「怎麼？有什麼進展嗎？」

「血跟蠟燭都不是鄭宗霖他們放的，另外有人進去過，而且應該是眞的召喚過血腥瑪麗。」陳睿彥簡短說明，「我比較在意那些血。」

「從磚縫滲出的人血……」郭岳洋劃滿了笑容，「噢，一定是血腥瑪麗出來時的象徵！」

瞧他刺激興奮成這樣，吳雯茜看了頭皮直發麻。

「唉唷，這很可怕耶！你們不要一副中樂透的樣子好嗎！」她雙手托腮，嘟起嘴。

「他們就眞的是中樂透。」毛穎德從容解釋，「現在這狀況只等於刮到五萬塊；能讓他們親眼見到血腥瑪麗，最好還自拍合照，那就是中一千萬了。」

「哼！」夏玄允愉快接口，「要是能讓我跟血腥瑪麗合照，一千萬的樂透我也可以不要！」

知道知道，馮千靜忍不住翻了白眼，世界上到底爲什麼有這種人啊？完全不怕的耶！

「喂，上次的事我還沒忘啊，你們最好收斂一點。」馮千靜敲敲桌子，出聲警告，「不要把事情捲到我們自己身上。」

上一次，林淮喆忍不住緊抿著唇，略顯尷尬。

上次他們找夏玄允的「都市傳說社」來聯合春訓，結果那裡居然發生都市傳說：「消失的房間」，連人帶房間一塊消失無蹤，連帶著毛穎德也曾一起消失過。

當時抓狂的馮千靜，大家都還記得。

所以，他們在心裡咕噥著，馮千靜跟毛穎德在一起了沒？

「放心，毛毛這次又沒召喚血腥瑪麗！」夏玄允還敢說，「所以他不會有事的！」

「我上次也沒說喜歡消失的房間啊！」毛穎德皺起眉，「不要沾就不會有事！」

「大家都不想，但是……」林淮喆面有難色，「學弟妹都只是高中生，遇到這種事他們根本手足無措，你們也知道他們都會傻到在牆上寫出叫大家召喚三次Bloody Mary了，哪知道這些！」

「唉，」毛穎德重重嘆口氣，「不說別的，光看到兩個女生慘死我就覺得渾身不舒服……夏天！」

「挖眼是正常的，毀容也是，我還眞支持林淮喆的猜測。」夏玄允突然斂了神色，「召喚血腥瑪麗出來的人，可能說了什麼。」

因爲說出來的話，或是許願，讓血腥瑪麗開始展開行動，而且還針對那群女孩子。

氣氛變得有些凝重，服務生恰好上菜，郭岳洋不停的看著自己的筆記，他總是對每次的都市傳說做著詳細紀錄；林淮喆跟夏玄允則低語討論著血腥瑪麗的事情，偶爾有LINE傳來，是林詩倪在提醒一些事項。

「我說，」郭岳洋突然停下了動作，抬起頭卻望著窗外，「我們來試一次好不好？」

方桌上每個人都看向他，什麼？

「召喚血腥瑪麗啊！」他還理所當然，「我想知道，她到底長什麼樣子？而且問問王雅慧的——」

「不行！」難得的，先動怒的居然是對都市傳說最瘋狂的夏玄允，「洋洋，你腦子燒壞了嗎？」

噢噢，馮千靜嚼著麵，眞是五十步笑百步。

「不然我們在這裡瞎猜沒有用啊！」郭岳洋居然是認眞的，「如果再有下一個受害者怎麼辦？天曉得血腥瑪麗要幹嘛？而且如果不快點送她回去，情況不是會很可怕嗎？」

「那也不能召喚！都已經知道會出事了！」毛穎德眞想彈他的腦子，「而且血腥瑪麗說不定很忙，沒時間理你。」

「萬一一口氣還召兩位出來就更糟了。」陳睿彥還有空打趣，「一次放兩個出來，這死傷更慘重。」

在兩具屍體的現實下，其實蠻難笑的，但大家還是苦中作樂的乾笑幾聲，吳雯茜膽子本來就不大，雖然有過上一次的經驗値，但對於都市傳說還是能閃就閃。

「說不定不會再有任何事……這樣最好吧？」她囁嚅的說。

事情就到曾之鳳爲止的話，或許就眞的跟血腥瑪麗有關，就算有關係，也表示到此爲止。

或許召喚出血腥瑪麗的人，就只許了一個小小的願……嗯，至於爲什麼是曾之鳳？這就有點難懂了。

郭岳洋在他的本子上寫下：曾之鳳的敵人。

眞是我的天哪，高中生是哪裡會有敵人啦！

強大的推力將女孩推進了房間裡，女孩忍不住發出尖叫聲！

「呀——啊啊……」她摔落在地，地板冰冷濕滑！「嗚……」

女孩驚恐的發抖，縮回雙手，感受到地板是濕的，但是這裡伸手不見五指，她根本不知道是哪裡。

砰！有人將門關了上，她跪坐在地，聽著四周的靜寂。

「哈囉？」短短兩個字也全是抖音，「哈……哈囉？」

哈囉……哈哈囉……結果，她只聽見自己的迴音。

女孩戰戰兢兢的伸手向自己的眼窩，她的臉被布蒙住了，發現都沒人制止，她唰地摘下了眼布——唔！

雖不刺眼，但對被掩眼一段時間的她來說，還是有點不適應光線。

她跌在地板，仰頭看著正上方，有燭火在搖曳，緊皺起眉，她舉起被束縛的雙手，用牙齒努力咬開繩子。

她根本不知道自己爲什麼會在這裡！下午大家不是在江盈甄家聚會嗎，談的都是沉重的話題，然後……然後學長說，說不定王雅慧有許什麼願，眞的嚇死人了，嘉瑄尖叫著說要回家，大家就趕緊一起出門。

她……她離開後，一起走向輕軌站，只有她跟大家方向不同，她還記得她坐在月台的椅子上等下班列車，等著，等著……

「唔！」她頭好痛，爲什麼她不記得了？她沒有上車的記憶啊！還是有？記憶錯亂，她再怎麼努力回想，都不能確定在月台之後發生了什麼事！

總算咬開了繩子，她的眼睛也漸漸習慣了黑暗，攀著眼前的洗手台站起來，她已經意識到自己在一間寬大的浴室裡。

一站起來，眼前就映著一張臉——「哇呀！」

她嚇得踉蹌，卻及時煞住……靠！是她自己！女孩定神瞧著鏡子，裡面映著她自己披頭散髮的嚇人模樣！

才想撩撥頭髮，卻從鏡中看見了自己的手掌一片通紅！

「咦？這什麼！？」她驚恐的看著雙掌，一片濕濡血紅，「噫，好噁心！這是——」

慌亂的低首看去，她看見自己不只是雙掌帶血，其實身上、腿上，連腳都是血跡斑斑——但是她沒受傷啊！

啊！女孩倒抽一口氣，再退後一步，不讓自己的影子擋住光源。

於是，就看見了那冰冷地板上的濕潤，來自於一整片腥紅色的血水！「天哪！這是什麼!?」

她慌亂的左顧右盼，發現這間浴室好大，她轉身衝向門口，卻怎麼敲都沒有人回應，也開啓不了！

「放我出去！是誰!?救命——」她歇斯底里的使勁敲著門，她的手機沒在身上，她什麼都沒有啊！

不知道敲了多久、哭了多久，女孩才腿軟得滑坐在地，這時方能冷靜的看清楚，那門板上不只她一個人的血痕。

啊……那是握著拳、手上沾有血敲打時印上去的痕跡啊。

「這到底怎麼回事……」她哽咽著，坐在地上打量著寬大的浴室，然後注意到天花板上，吊著一個詭異的東西。

像個鐵筒？還有鐵球？她起身仰望著，在下方繞了一圈，就是一個金屬的大筒子，她不明白那是什……滴答——

有什麼東西，從上面滴了下來，直接滴進了少女的眼睛裡。

「哇呀！哇啊啊——」在恐懼籠罩之下，一點點動靜就會使人歇斯底里，「哇啊啊！」

女孩亂叫亂跳，瘋狂的嘶喊吼著，她的眼睛被滴到什麼了……微睜眼，世界卻是一片的紅。

什麼!?她顫抖著手去把眼裡的水抹出來，沾上指尖的卻又是血……是血？喝！她驚恐的仰頭，卻跟著退後，爲什麼鐵桶上會有血滴下來？

那個桶子很大，要裝人的確是剛……剛剛好？

「哇呀！對不起！我不知道你是誰，但求求你放了我！」女孩抱頭吼叫，「我想回家！我不想待在這裡——我不要死，我不想死啊！」

泣不成聲，卻永遠只有自己的迴音，她回到鏡前，那是最明亮的地方，看著蠟燭越燒越短，但浴室裡的空氣並沒有太稀薄。

兩根蠟燭，鏡子……她爲什麼覺得這氛圍似曾相識？

「這個好像……校慶的主題……」潛意識再往鏡子上的牆壁看去，不由得瞪大了雙眼。

召喚她，救救妳自己。

紊亂的血跡書寫字樣就在上頭，光看著那些字就令人怵目驚心，她彷彿可以想像寫下那些字的人，是在什麼恐懼慌亂的情況下寫的。

召喚？召喚什麼？鄭宗霖跟汪聿芃做的這個單元……不就是血腥瑪麗嗎！

「天哪！我、我不要死！」女孩終於明白了什麼，「我不想跟雅慧或是之鳳一樣！拜託你！我沒有害任何人啊！」

喀咚——餘音未落，鐵鍊聲突然由上傳來，這只是讓女孩尖叫不止而已，她嚇得退到一旁，留意到在空中的鐵桶緩慢的……降下來了。

「不不不！拜託你！」她旋身再衝到門邊，拼命拉著浴室的門把，爲什麼這不是喇叭鎖，開門！開門啊！「開門！」

鐵桶裡有什麼對吧？萬一有人躲在裡面……不不不！這是凶手的遊戲嗎？變態殺手在玩的，之鳳她之前也待在這兒嗎？

她們到底怎麼跑到這裡來的!?

砰！鐵桶全然降到了地面，女孩的神經也到了極致緊繃的狀態！

「呀——呀——」她拼命拍打著門，「我不要死！我不要跟她們一樣，你要我做什麼都可以！就是不要殺我！」

沙……門外明顯的出現了聲音，她反而愣住了。

腳底下塞進了一張紙條，接著是匆促離開的腳步聲；她低頭望著紙條，不假思索的立刻拿起，還因爲手抖得太厲害，費了一番工夫才打開：

『在燭火燒盡前召喚她。』

什麼？她驚愣的看著一點鐘方向的鏡台，這是要她召喚血腥瑪麗的意思嗎？這怎麼可能！學長他們今天才說，雅慧她們就是被血腥瑪麗殺死的啊！

不，不對……她吃力的邁開步伐，那個很可愛的男生，叫……叫夏天！對，夏天說，一切都還不能確定，不能確定是雅慧召喚出都市傳說，但也不能確定這不是變態凶手所爲。

「我不想死……我也不想召喚血腥瑪麗！」她絕望的哭喊著，「她會殺掉我的！」

「妳確定是血腥瑪麗下的手？」

喝！她驚恐的彈離門板邊，門的那邊，有聲音幽幽傳來。

「什麼……你是什麼意思？」她試探著問，外頭卻再也沒有聲音，「喂！你是誰？回話啊！這是什麼意思？」

一片靜寂，回答她的依然只有她的迴音。

不是血腥瑪麗幹的？所以，殺掉同學的眞的是殺人犯？召喚血腥瑪麗出來，是要……要許願，讓她救她嗎？

喀！浴室中間的鐵桶，突然動了一下，這讓女孩嚇得跳了起來！

怎麼回事!?她扶著牆壁繞著鐵桶走著，在微弱的燭光下才發現那不是個桶子，是個……人形的東西，有點像是埃及漫畫裡曾出過的……人形……棺。所以它有門。

她瞪直著雙眼，知道剛剛那聲喀從何而來了，那人形桶有門，剛剛門縫彈開了一點點。

不不不……她搖著頭，這太誇張了，她一口氣幾乎上不來，而那人形桶子的門，又往外開了一點點——咿！

「我不要！」她抱頭尖叫著，同時間，那門砰的打開，從裡面直接彈出了一個人！

「Bloody Mary－．Bloody Mary－．Bloody Mary－．」她尖叫著旋身對著鏡子，一股作氣的喊出了血腥瑪麗的名字！

尖吼聲的迴音迴蕩著，女孩看著鏡子裡自己恐懼的臉孔，她喘著氣，幾乎無法呼吸，連回頭都不敢。

蠟燭只剩下最後一點了，燭芯正努力的綻放自己最後的光芒。

沒有感受到任何變化，她眼尾往左後方瞥去，沒有任何她以為的人撲上來，但是，那兒的確是有人。

有個女孩在人形桶子裡，她的全身上下，都插滿了尖刺……

咦？她看著熟悉的衣服，還有低垂雙手上的幸運繩，終於轉過身，不敢置信的向前走去……每一步，都是如此的吃力，如此的沉重。

直到她站到了鐵桶前……狠狠的倒抽了一口氣——「厚，天哪……天哪！芝芝？芝芝！」

她驚恐的尖叫著，芝芝沒有請假，她在這裡，她昨天就跟著曾之鳳一起回家——啪啪……光線暗了下來，她驚恐回頭衝到鏡子前，看著燭火最後的燦爛。

還有鏡子裡那張……不再恐懼的臉龐。

因為鏡子裡，映的不是她。

「哇呀——呀——」

寬敞的住家裡，在餐桌旁的白板上寫滿了所有關於血腥瑪麗的傳說，馮千靜拿著馬克杯，站在餐桌邊，皺著眉看著上面的資訊。

她難得穿著緊身的運動衣，頭髮這一個月長了一點點，剛剛自我鍛練結束渾身是汗，現在一邊收操，一邊看著郭岳洋在書寫餐桌旁那塊大白板。

這是他們四個住的地方，夏玄允是富二代，這間房子是他爸特地因爲他讀A大買給他的，家庭式住宅，四房兩廳兩衛，所以分別給一起長大的毛穎德、國中要好麻吉郭岳洋，還有她住。

她當然是被逼的，原本僞裝邋遢女上大學，偏偏被郭岳洋認出她是「格鬥者小靜」，就被以此軟威脅，展開了「同居生活」，然後一直遇到煩人的都市傳說！

不過跟他們住在一起是輕鬆的，她在家裡就會以本來的模樣生活，不間斷的鍛練、摘下架得她鼻梁疼的眼鏡。

「原來血腥瑪麗眞有其人啊，瑪麗公主……女王。」馮千靜倒是挺讚嘆的，「爲了宗教殺掉的人數，應該比都市傳說厲害吧！」

血腥瑪麗的原型爲瑪麗一世，由於她的父親亨利八世爲跟她母親離婚，不惜背叛天主教與羅馬教皇決裂，並在國內扶持新教，迫害天主教徒；這樣的成長過程卻導致她變成死板的天主教徒，並對新教恨之入骨。

她登上王位後，立即宣布恢復天主教，屠殺新教的激進分子，五年內燒死三百餘人，被迫流亡國外的新教徒更是不計其數；這一連串的暴行，使其獲得了「血腥瑪麗」的稱謂。

「所以她才會叫血腥瑪麗吧。」毛穎德坐在餐桌上使用筆記型電腦，「這又是個父母離異造成的結果。」

「但是都市傳說裡的血腥瑪麗跟這位女王沒太大關係。」夏玄允也在滑平板，「應該說根本沒有吧，她是一個獨立的個體！」

夏玄允在說時，郭岳洋剛好寫上「鏡靈」兩個字。

「都市傳說的血腥瑪麗應該是這個。」郭岳洋在第三點上面用紅字圈了起來，「鏡子的邪靈之類的，聽說最討厭面貌姣好的女孩子，所以都會進行毀容，然後不喜歡被看見，才要挖去她的雙眼。」

「這莫名其妙！不想被看就不要看見就好啦！」馮千靜皺起眉，「破解呢？她被召喚後，就開始看所有有皮膚的女生不順眼嗎？」

「沒破解啊，血腥瑪麗很邪的，所以眞的沒事不會去召喚她。」夏玄允搖搖頭，「林淮喆說的許願我倒是很介意，你們聽喔，林詩倪查到這個：願望結束後，血腥瑪麗便會挖掉召喚者的雙眼，毀去她的容貌。」

「這樣說來，是有人許了什麼願了。」馮千靜口吻變得厭惡，「找都市傳說許願是怎樣？跟請鬼拿藥單不是一樣的道理嗎？每個人都腦子進水了是嗎？」

毛穎德忍不住笑了起來，「冷靜冷靜，這次應該不會有人針對妳許願了啦！」

「煩！」她不爽的轉身進廚房，得先來喝一杯乳清蛋白！

之前有個都市傳說：「第十三個書架」，如果能找到第十三個書架，並在固定時間對它許願，書架便會給一本祕技手冊，只要照著那本手冊做，就可以達成你的願望；而都市傳說的處理方式，是直接除掉對手。

例如，一位備受矚目的新秀格鬥者，一心想要成名，但是「小靜」是她的最大敵手，她找到了第十三個書架，許願希望能贏過「格鬥者小靜」，而書架給予的方法千篇一律：便是除掉小靜。

但畢竟是都市傳說，做法還是細膩的，碰上這個都市傳說的人，會產生真實的幻覺與痛楚，最後逼到人瘋狂而自殺……之前夏天就遇上過，那過程相當慘烈，差一點點就割頸而亡。

所以當馮千靜出現幻覺時，她就知道都市傳說找上她了。

利用都市傳說許願的人並不知道，一旦對象沒有死去，都市傳說就會進行反噬；例如馮千靜最後的確是敗北了，打破她的不敗戰績，敗給那位新秀，不過兩天後，那位新秀卻在家死亡，死狀悽慘無比。

但是敗績仍在「小靜」的戰鬥史上烙下陰影，馮千靜原本就很討厭都市傳說了，加以那次也被折磨得很慘，所以她的厭惡只增不減。

「怎麼會有人想用這種都市傳說許願啊？」搖著蛋白飲品的她不可思議的又轉出來抱怨，「腳踏實地點不好嗎？」

「因為許的願很難吧！說不定根本達不到啊！」夏玄允親切的幫忙解釋。

「那、就、不、要、許！」她不悅的皺起眉，「已經死兩個人了！」

「先找到召喚者！」夏玄允斬釘截鐵，「知道她召喚了什麼、蠟燭怎麼來的、對血腥瑪麗說了什麼。」

「如果是王雅慧，那已經是死人了。」毛穎德深吸了一口氣，「我知道你們認為不是她。」

「按照她的死狀，也的確很像召喚者，但是一滴血都沒有就很離奇。」郭岳洋仔細看著自己的本子，「有一個人可以幫我們確認！」

夏玄允立刻揚起笑容，發亮的雙眸抄起手機，溜回房間打電話。

畢竟那天晚上，唯一撞見召喚者的只有一個人：警衛。

第五章 目擊者

警衛說，他巡邏的時間是十點半左右，在那時聽見驚奇屋裡出現尖叫聲、物品碰撞掉落聲，所以他才接近，結果迎面撞上衝出來的女學生。

十點，夏玄允他們自輕軌站走來不過五分鐘距離，在晚上到訪了S高。

「什麼事嗎？」晚上有訪客，這讓警衛覺得非常奇怪。

「嗨！」打頭陣的永遠是燦爛的男孩們，「抱歉打攪了，我們有點事情想要請教您。」

警衛沒離開警衛亭，而是開了小小的玻璃窗，用極度狐疑的眼神看著四個不速之客。

「是？」這兩個是學校的學生嗎？他當然不知道，他值的是大夜嘛。

「關於前幾天在校內出事的女學生，我們想問一下您當天晚上撞到她的詳細情形。」夏玄允掛滿微笑，降低一些威脅值。

馮千靜跟毛穎德就站在外圍，他們真的稱不上親切。

「無聊！走開！」誰知警衛才聽完問題，二話不說就要把窗子關上。

「欸欸——」郭岳洋急速的把整隻手臂亙進裡面，硬是阻止窗戶關上，「大哥，不要這樣嘛！我們不是警察也不是記者，只是想問問看！」

窗子差點就夾上郭岳洋的手臂，這讓警衛心有忌諱的止住關窗的動作，夏玄允跟著上前也扳住窗緣。

「眞的，我們其實跟那個學妹也不熟，但我們很想看看能不能找到凶手！」郭岳洋誠懇的望著警衛，只是換來緊鎖的眉心。

「你們是什麼無聊大學生嗎？推理的還是什麼活動？」警衛明顯露出不耐煩，「你們不要胡搞瞎搞，這種事交給專業的警察就好，電影看太多喔！」

毛穎德輕哂，這警衛還眞說對了大半，就算不是推理社的，但也相去不遠，至少人家想追的是眞凶，夏天他這兒想抓的是極端危險的都市傳說。

「唉，就說說而已，不錄音不做筆記。」郭岳洋還在那邊保證，「因爲大哥你連那是誰都不知道啊！」

「唉！」警衛眞的很不耐煩，「我該說的都跟警察說了！」

「警察又不會告訴我們！」夏玄允邊說，還邊把人家窗子又給開了，直接趴在窗口，塞滿整個頭，「你只要再說一次就好！說詳細點兒！」

警衛面有難色，他往外望了望，再往校舍望去，有種今晚不回答、只怕難擺脫這幾個小子的無奈。

「好吧，先說好，不錄音不筆記不許進校。」他看著時鐘，「我也沒多久時間，等等我就要去巡邏了……嗯，就是十點半。」

大家靜了下來，連馮千靜跟毛穎德都稍微靠近了些。

警衛姓李，十點半他本要開始巡邏，因爲校慶的緣故，讓他提早了一點，畢竟許多教室自己就裝潢成攤位，意味著多出很多障礙物，所以他必須格外慎重，也有許多地方要繞道而行，花費的時間將比平時多。

學生的玩意兒跟創意他是欣賞的，但增加工作煩惱就很困擾，不過他還是認眞的巡視，直到二年級驚奇屋那裡。

他是一間一間檢查的，突然聽見裡面似乎有聲響，原本還不確認，尚未靠近就聽見更大的物品掉落聲！他當時嚇了一跳，直覺性的先問「是誰」，緊接著裡面就衝出來一個女孩子。

「什麼特徵都沒看見？」毛穎德問著。

警衛抬頭看了他一眼，搖搖頭，「我有看，但沒印象，那時我哪有辦法反應，那女孩哭得淅瀝嘩啦，一直指著裡面，一句話都說不出來，我只好先安撫她，然後進去看。」

「穿著制服，上面應該有繡名字？」郭岳洋試探的問。

「就說那時我什麼都沒注意，我也是不冷靜。」他嘆口氣，「我急著進去，打開燈把掉落的東西扶正，一路到了那間浴室，我說眞的，我還眞不敢進去。」

偏偏他又不知道電燈開關在哪兒，就站在門口梭巡一會兒，沒有異狀後就走了出來。

「女生已經不見了……」夏玄允喃喃說著，「她趁你進去時跑了。」

「對！我急著追出來，但就是沒追上……」警衛說到這點就慌，「你們看校舍到門口就這條路，這麼大的一段距離，我衝出校舍後，完全沒看見她！」

「在你衝下樓前她就已經衝出來了嗎？」毛穎德狐疑的大退一步，看著黑暗中遠方矗立的校舍。

馮千靜轉過身，蹲下身子測量著距離，「我說眞的，這速度要非常快……除非，警衛巡了很久。」

「哪有很久……我也不知道確切時間，進去巡巡……」警衛摸摸頭，「沒幾分鐘吧！」

「至少足夠奔離這層樓了！只要你一進去，她轉身就跑的話……」毛穎德往鐵門望去，「不過是怎麼進校的？」

「這我可不知道！」警衛連忙撇清責任，「我說眞的，在我眼皮底子沒人能進來。」

「爬牆嗎？學生要進來不一定得從正門嘛！」郭岳洋嘿嘿的笑著，反正大家都知道。

「男孩子的話可信度還比較高，這不是歧視女生，而是女生穿著制服裙子要攀高牆，又沒人幫忙，這就真的蠻厲害的了。」馮千靜挑了眉，「要是我是沒問題啦……」

他們知道，非常明白。

「不過也有另外一種說法吧。」夏玄允歪著頭看向校舍，「例如，她根本沒離開學校……」

奔離驚奇屋後，找個地方躲起來，甚至是進入驚奇屋隔開的班級裡，警衛也就不得而知了。

這論點讓所有人驚愕，是啊，如果她沒有離開學校……自始至終都——

「可是學校沒有任何第一現場的跡象。」郭岳洋細細的說，「她體內的血都流乾了……」

「只是一個可能！」夏玄允立刻轉回去，衝著警衛笑，「你有沒有記得任何一點點點特徵？」

「沒有沒有啦就說都不記得了！」警衛擺擺手，「好了，就這樣了！你們可以走了！」

警衛這次可出了亭子，趕著他們離開，一點都不想再跟他們攪和似的。

四個人就這樣被推到人行道上，郭岳洋跟夏玄允還在那邊再三道謝，李大哥長李大哥短的，人家也沒打算理他們。

「一點點特徵都沒有，這眞的說不過去。」待警衛一進入亭子，毛穎德首先發難，「頭髮的顏色、長短，至少五官也要有點印象，王雅慧臉很圓，這也是個特徵啊！」

「我也覺得奇怪，一般說來，我如果是警衛……」郭岳洋左手扣住夏玄允的肩，「厚！這麼晚在學校做什麼？妳哪班的？」

右手做狀抓著手電筒，往夏玄允胸口去。

「對，第一時間應該是看哪年級哪班，叫什麼名字！」馮千靜深表贊同，「的確會驚慌，但是不可能一丁點記憶也無。」

「刻意隱瞞嗎？」毛穎德挑了眉，「還是不想捲進這件事？」

「兩個女生的命運，不是他說不想捲就可以不介入的……」馮千靜沉吟道，「該不會——」

大家不約而同的回頭往學校的方向看去。

「不！等等，太跳了！」夏玄允連忙出聲，「他如果是凶手的話，事情回到原點，王雅慧的血呢？他身上應該也一堆血吧？早班來交接的應該會直接被滅口吧？」

「曾之鳳死的時候他也在值班吧。」郭岳洋笑了起來，「我還是覺得不是人幹的！」

「不一定曾之鳳出事那晚他在吧？說不定他就眞的休假。」夏玄允提出反證，「閒的話也去找一下班表好了。」

「誰這麼閒啊！」馮千靜呿了聲，「好啦，人家不願意說，依然沒人知道那天衝出來的是王雅慧，或是另有其人！監視器全部模糊或被移動，然後呢？」

「血腥瑪麗一般是搭輕軌還是走路啊？」毛穎德打趣著，「要搬一具屍體可沒這麼容易耶！」

咦？馮千靜倏地望向靠牆的他，他剛剛說了什麼？

連夏玄允都倒抽一口氣，瞪大雙眼緩緩轉向郭岳洋——「洋洋？」

「幫凶……除了血腥瑪麗外還有別人的協助嗎？」郭岳洋急速衝到毛穎德前，「對啊，吊上去也要人幫忙，就算是血腥瑪麗……」

「停停停！你們在幹嘛？如果她眞的是都市傳說，還有什麼做不到的嗎！」毛穎德嘖嘖出聲，「我只是說笑而已！」

「不，不是說笑，這眞的值得參考喔！」馮千靜超認眞的，「學校如果沒有任何地方是第一現場，那浴缸裡的水又只是單純的顏料水，那王雅慧流盡的鮮血到哪裡去了？在別的地方，然後再被搬回學校，吊在上面！」

「都市傳說做不到嗎？」毛穎德挑眉，依照他們遇到的，都市傳說之所以是都市傳說，都有相當驚人的本事啊！

「血腥瑪麗是鏡靈，她沒有實體啊！」夏玄允雙眼在黑暗中迸出萬丈光芒，「幫凶，毛毛！你好厲害喔！絕對不只一個人！」

「對啊！連我都沒想到！你眞是太強了！」郭岳洋用充滿崇拜的眼神看向他。

那個……他不是很想被崇拜好嗎！「毛毛你個頭，你到底什麼時候才能改口，叫阿德不好嗎？」

「毛毛萬歲！」夏玄允雙手高舉，一回身往輕軌站跑。

「你是要去哪裡啊？」毛穎德揚聲，下一步要幹嘛連說都沒說……口袋手機震動，他邊嚷著邊接起來。

結果這是群組，他們每個人手機都收到訊息了，倒不是「都市傳說社」的群組，而是跟林淮喆他們的群組——

四個人分散站著，低首看著手機，幾乎同時陷入沉默，同時抬頭——「爲什麼？」

林淮喆傳來的緊急訊息：『劉佳穎不見了！』

十點四十五分，林淮喆、陳睿彥及吳雯茜都出現了，他們約在S高的前一站，劉佳穎家的附近。

「報警了嗎？」毛穎德一出匣門就問。

「報警了，警方已經到了。」林淮喆指向遠處，「這邊都能看見車燈，劉佳穎家離這裡很近。」

「為什麼會不見？」郭岳洋焦急的問。

「是鄭宗霖說的，說劉佳穎媽媽打電話問他，晚上有什麼聚會嗎？結果沒有，打劉佳穎電話也已經關機。」陳睿彥嚴肅的皺眉，「在這種時候，女孩子失蹤，又是同校同學……」

馮千靜壓低著帽簷，眞是大事不妙。

「最糟不是這個！」吳雯茜可急了，「劉佳穎的媽媽打電話要問其他女孩子，何嘉瑄到現在也還沒回家！」

什麼!?

「王美怡也沒有!」林淮喆覺得心臟都快停了，「你懂嗎?現在她們那掛幾乎都消失了!」

女孩子，一個接著一個消失，就像當初伯爵夫人所在的城堡周圍，少女們日漸失蹤，人數越來越少。

郭岳洋忍不住打了個寒顫。

「這也太集中了吧!就她們那掛?都集中在那三個班?」毛穎德覺得不可思議，「到底是做驚奇屋是都市傳說，還是召喚血腥瑪麗是都市傳說啊?」

「她們那掛有誰?就王雅慧、曾之鳳、江盈甄、何嘉瑄、劉佳穎跟王美怡而已嗎?」馮千靜朝郭岳洋彈指，他已經傻到忘記拿筆記本了。

趕緊拿出來抄寫，有些慌亂的他還得吳雯茜上前輔助。

「好像吧，最近只看見這幾個……哎，我們哪會清楚!」林淮喆搔著頭，他們是大學生耶，「要問就要問同學!」

「還有四個人。」

人影奔上樓梯，進入輕軌站，看見了站在外頭討論的他們。

「周庭卉!」郭岳洋記得每個人的名字。

「她們還蠻大群的，除了那些人外，還有韓佩茜、淑文、阿庥跟丁曉萍。」她跑得有點上氣不接下氣，後頭跟上的是鄭宗霖跟汪聿芃。

「你們怎麼都來了？」毛穎德擰眉，「喂，你們爸媽讓你們出來喔？」

「說好一起的！」周庭卉指向汪聿芃，「我爸媽還沒回來啦！」

「我是男的好像還好。」鄭宗霖其實根本沒想這麼多，「我剛聯絡了韓佩茜，她是在家的！」

「其他人還沒聯絡上，但是手機沒關機好像就是好事。」汪聿芃依然慢條斯理的說著，「但是韓佩茜那四個跟何嘉瑄這掛沒有這麼近，真的很近的就她們幾個……啊，還有宋欣妏。」

「宋欣妏？」夏玄允認真回想，他好像從出事開始就沒聽過這個名字。

「她身體不好，常請病假，校慶也幫不上忙就乾脆讓她休息了。」鄭宗霖解釋著，「她們幾個都很要好，之前校慶飲料攤準備得比較晚，她們還會找時間去看宋欣妏。」

馮千靜吁了口氣，「看來好像沒有什麼霸凌的成分了。」

「嗄？」周庭卉一怔，「霸凌？」

「我是在想召喚者搞不好對這票人很感冒，所以CALL血腥瑪麗出來幫她。」

馮千靜原本以爲是王雅慧，或是某個人。

才說完，卻見汪聿芃皺起眉心，一副很認眞的模樣，「霸凌的話……」

「我覺得她們人都蠻好的！」周庭卉也在思考。

喂喂喂，要思考就覺得不太正常了吧！

「對她們來說是玩笑，搞不好對聽的人是霸凌。」毛穎德搖了搖頭，「是吧？有欺負嗎？言語或是肢體。」

「我覺得不是。」鄭宗霖立即反駁，「都只是鬧著玩，有時候她們還會演吵架，讓全班愣住，接著卻又哈哈大笑，根本整我們。」

「對啊，而且都是她們自己人在鬧，沒別人啦！」周庭卉一邊注意到手機在亮，「欸，現在怎麼辦啦？何嘉瑄確定找不到，江盈甄沒回應，王美怡也是……淑文剛剛說她在家了，整個嚇慘！」

「爲什麼會不見？」馮千靜倒是覺得奇怪，「她們不是都在一起？今天也補習嗎？」

「嗯。」鄭宗霖深吸了一口氣，「這樣好了，我們直接去問，大家都住附近。」

學區的緣故，所以大家幾乎都是附近的人。

「好……」汪聿芃也看著手機上的地圖，「從最近的開始吧，去淑文家。」

一群人點頭後就下樓梯要離開輕軌站，陳睿彥突然喊住大家，這麼多人爲什麼要浪費時間呢！

「分開吧，我們有十個人，最少可以分成三組。」陳睿彥直接點著名，「我們S大的一組，你們A大的……不行，要有熟人，夏天，你們兩個分別跟鄭宗霖他們配，這樣可以在最短的時間內找到人！」

「好，那我跟洋洋還有鄭宗霖好了，你們——」夏玄允立即就走向鄭宗霖。

馮千靜跟毛穎德幾乎同時伸手，一人抓一個，把夏玄允及郭岳洋往後拉。

讓他們兩個去，萬一眞的遇到血腥瑪麗，那還不翻了天了！

「我跟夏天及周庭卉一組。」毛穎德看向馮千靜，「妳跟郭岳洋及汪聿芃一起，鄭宗霖跟著林淮喆吧！」

每一組最好都要配一個S高的比較好，而且夏玄允絕對要跟郭岳洋拆開。

夏玄允果然抗議，「爲什麼我要跟洋洋分開？」

「跟著我就好了，你們湊在一起沒好事。」毛穎德直接把他拽過來，再順勢推到身後。

他的身後，就是那穿著寬鬆外套，戴著鴨舌帽卻有一雙火眼金睛的馮千靜。

夏玄允一到馮千靜面前，立刻裝乖，不敢造次。

「如果都住不遠，應該很快就能結束，我等等想去劉佳穎家那邊看看。」馮千靜看向汪聿芃，「請帶路。」

便服的汪聿芃與穿著制服時沒什麼兩樣，依然是那樣的緩慢，同時間其他兩組也分別帶開，毛穎德擔憂的回頭看了馮千靜一眼，她只是回以微笑。

「你們沒騎車嗎？」汪聿芃來到腳踏車邊，「這樣要走一段路喔！」她邊說，一邊跨上腳踏車。

「妳載他好了！先告訴我怎麼走，然後我們在每個岔路口會合。」馮千靜乾脆的把夏玄允往前推。

汪聿芃打量著夏玄允，再看看馮千靜，「爲什麼不是妳上來？他是男生體力應該比較好。」

「哼，既定想法。」馮千靜已經開始壓腿，「直走嗎？」

汪聿芃點頭，簡單的報了路，夏玄允跨上腳踏車以站姿穩住，這當然不是載人的方式，但是總比讓他跑好吧！

馮千靜把這當今天的體能訓練，準備好就往前跑，在約定路口等待的汪聿芃發現到馮千靜體能眞的很好，跑起來相當快。

其實也沒多遠，不過兩公里的距離而已，就到了江盈甄家。

客廳的燈微微亮著，看起來是換了小燈，但二樓書房的燈是亮著的，那是江盈甄房間的地方。

「江盈甄！江盈甄！」汪聿芃扯開嗓子喊著。

夏玄允早就已經直接衝到人家大門口，按下了門鈴。

「別喊了，按門鈴比較快。」馮千靜懶洋洋的說著，緩步跟著入內。

不一會兒客廳的燈亮了，聽見急促的腳步聲，還有女人喊著：「誰？」

「不好意思，請問江盈甄在家嗎？我們是她同學！」夏玄允懶得解釋，直接以同學代稱，反正汪聿芃在嘛！

喀沙沙的開門聲傳來，門終於打開一角，但門鍊仍防備性的存在。

一隻漂亮的眼睛在門縫裡眨呀眨的，然後略圓，輕哦了一聲，「怎麼了嗎？」

來人把門鍊鬆開，大門敞開，是個美麗的女人。

眞的非常漂亮，不說的話還以爲是明星一樣，美麗的臉龐帶著性感，一頭長捲髮披肩，穿著白色的睡袍。

「那個……江盈甄在家嗎？」連夏玄允都看傻了，馮千靜主動詢問。

「盈甄在啊！」女人回眸，他們也聽見下樓的腳步聲，「盈甄！」

江盈甄急急忙忙從二樓走下來，站在下方時看見門外的他們，顯得非常錯愕，「爲……爲什麼？」

汪聿芃終於上前，馮千靜讓出點位子給她，順便把看傻的夏玄允往後拉。

「江盈甄！妳沒事嗎？」汪聿芃眞是一出口就是重點。

「什麼沒事？」女人皺起眉，「你們來找盈甄是希望她有事？」

「不是這個意思……」馮千靜深吸了一口氣，想避也避不了，「劉佳穎失蹤了，何嘉瑄跟王美怡到現在還沒回家！」

江盈甄瞪大了眼，「什麼？」她終於意會過來的衝到門口，「什麼意思？失蹤！確定了嗎？她們會不會只是去吃冰？」

「劉佳穎的手機關了，何嘉瑄的也是……我們本來以爲妳們全部都……」馮千靜欲言又止，覺得後面還是不說的好。

夏玄允終於回神，搶著上前，「妳今天最後看見她們時是什麼樣的狀況？有一起坐輕軌嗎？」

江盈甄搖了搖頭，「我今天沒去補習。」

什麼!?夏玄允驚愕不已，「妳沒跟她們在一起？」

「她今天不舒服，在學校時就說不想去補習了！我就讓她回來了。」女人輕撫著江盈甄的長髮，「啊，同學們要進來坐嗎？不要站在外面吹風。」

「謝謝，不了，我們還有要事！」汪聿芃拒絕得很直接，「江盈甄，所以妳放學後就沒再見過她們了喔？LINE也沒聯繫啊？」

「怎麼可能，我知道她們在補習啊！」江盈甄焦急的握住汪聿芃的手，「到底怎回事？好端端的她們怎麼會失蹤？」

「不知道，現在只有劉佳穎的媽媽報案而已。」汪聿芃望著快哭出來的江盈甄，「妳……如果她們有跟妳聯繫……」

江盈甄開始發抖，「不，難怪……我說爲什麼放學後沒人LINE我……一個都沒有！再怎樣應該會說個下課了，或是什麼課交代什麼作業啊！」

美麗的女人趕緊摟過江盈甄，溫柔的安撫她，「別急別急，現在也才……啊十一點了，她們平時還會去哪裡玩？」

「作業都要寫不完了，哪有時間溜噠，我們最多去吃冰……」江盈甄很緊張的咬唇，突然往後轉身，「你們等我一下！」

「欸，盈甄！」女人跟著往回走幾步，緊張的喊著。

外面三個人陷入一陣亂七八糟的迷糊中，原本以爲可以從還在的江盈甄口中得到些什麼，例如她們可能提到要去哪裡玩、去買東西，或是今天做了不一樣的事，結果？

「所以去補習的都出事了嗎？」夏玄允做了簡單的總結。

「補習後都沒回家，是去了哪裡？」馮千靜也喃喃自語著，「一起被拐就太誇張了。」

「這樣說來，韓佩茜跟她們不同個補習班。」汪聿芃是先聯絡過的，「基本上韓佩茜、淑文跟阿麻都沒在同個補習班，丁曉萍的話在同補習班，可她只補單科。」

夏玄允笑看著汪聿芃，「妳好清楚喔！」

「我早就問清楚了！」她有點不高興，「我只是偶爾反應慢了點而已。」

偶爾？馮千靜這句話沒說出口。

沒幾秒又聽見下樓的砰砰砰聲，江盈甄抓了外套跟包包就下樓，女人焦急的抓住她的肩頭問她要去哪裡，她指指外面，嘰里咕嚕的說了一堆她們聽不到的話。

「不要落單喔！」女人送她出門，絞著雙手，「一定要小心！」

「知道了，我都跟他們在一起，有事找汪聿芃！」江盈甄也抓過一台腳踏車，馮千靜現在深深後悔沒騎腳踏車來了。

汪聿芃還眞的沒理他們，騎著就往外走，反而是江盈甄錯愕停下，回頭，「你們呢？」

「走來的。」馮千靜又把夏玄允推出去，「妳載他，我用跑的。」

「幹嘛這麼麻煩！」江盈甄直接跳下腳踏車，架妥，「我家好幾台，一人挑一台吧！這樣跑沒完沒了的！」

她直接走到停腳踏車的外牆，那邊的確一整排，這種時候也沒有客套的必要了，夏玄允跟馮千靜分別騎了一台，就跟著追上去。

「欸，」夏玄允小聲的問，「那個美女是誰啊？」

「我媽啊！」江盈甄噘起嘴，「因爲之鳳她們的事，她擔心我所以提早回來了！」

「哇塞！」夏玄允由衷讚嘆，「妳媽是美魔女等級的耶，還眞看不……」

馮千靜直接拿腳踏車去撞他，說什麼鬼話啊，江盈甄的確不是美女，但也很有特色啊，誰說女兒一定要像媽媽對吧！

江盈甄知道夏玄允想講什麼，尷尬的笑笑後，跨上腳踏車騎去。

在兩個路口後，汪聿芃終於發現後面沒人，靜靜的在那兒等待。

同時，毛穎德那邊回報確認何嘉瑄失蹤，何家父母已經報了警；郭岳洋去找了王美怡，她也沒回家，而林淮喆他們找到剩下三個，全數平安到家，但是聽說這件事後都嚇得不輕，直說明天開始不去補習了。

「我們去找丁曉萍。」夏玄允當機立斷，朝前喊著，「同一個補習班的話，她可能知道些什麼。」

只見汪聿芃充耳不聞似的繼續往前騎，夏玄允就在後面嚷著。

「不要喊了，前面就是丁曉萍的家。」江盈甄看著街景，「汪聿芃一開始就是往這裡來的。」

咦？馮千靜吹了聲口哨，果然始終很清楚啊。

丁曉萍家比較偏遠，他們又騎了兩個輕軌站的距離才到，但汪聿芃好像跟走廚房一樣，對這地帶都相當清楚。

燈火通明，同學發生了這樣的事，的確很難就寢，江盈甄直接CALL她出來，只在家門前談，父母比較不會在意。

「情況怎麼了？」丁曉萍一出來，抓著江盈甄就問。

「我們才想問妳咧，妳今天有看見嘉瑄她們嗎？」江盈甄握著她的手反問。

「我們一起吃晚飯的啊，大家今天去買燒臘那家的便當到教室去吃，我還在她們那邊吃到上課才回我的教室。」丁曉萍跟著心慌，「下課時我去教室找她們時，她們已經走了。」

「這麼快？」江盈甄顯得驚訝，「妳們今天晚下課嗎？」

「還好吧……我的課本來會晚一點點。」丁曉萍深吸了一口氣，「不可能晚多久的，我到輕軌站時，還有看到王美怡！」

咦？有線索！夏玄允跟馮千靜都亮了雙眼。

「看見王美怡而已嗎？另外兩個呢？劉佳穎跟何嘉瑄？」

「妳看王美怡她有什麼異狀嗎？身邊跟著別人？還是在講電話？」

丁曉萍沒見過馮千靜或是夏玄允，被他們一左一右的夾攻逼問，反而傻在原地說不出話來，還一臉快哭的模樣。

「你們會嚇到她的。」汪聿芃趕緊上前，「他們是A大學生，都市傳說社的……這都不是重點，妳繼續說。」

「都市……啊！」丁曉萍驀地瞪大雙眼，啊了一聲，「都市傳說社！你們認爲雅慧她的死是因爲——」

「丁曉萍！」江盈甄連忙拉回正題，「王美怡怎麼了？」

丁曉萍嚇得回神，「美怡……美啊對！美怡坐上反方向的車子！跟佳穎同一個方向！」

「咦？」江盈甄訝異的皺眉，「美怡跟佳穎不是不同方向嗎？」

「對啊，但是我是上樓時看見她進車廂，根本來不及問。」丁曉萍咬著唇，「我後來LINE她，但她沒有回，我也沒想那麼多……」

「那何嘉瑄呢？劉佳穎？有看見嗎？」汪聿芃再問，因爲丁曉萍的口中從頭到尾只見到王美怡。

丁曉萍果然搖頭，「我說了，我上去時只看到她的背影，說不定嘉瑄她們已經進去了……不對啊，嘉瑄應該跟我同個方向，不可能跟劉佳穎她們在一起。」

沒見到。她只見到王美怡一個而已，但無論如何是個重點，補習下課的學生，搭上了與家反方向的車。

「現在嘉瑄、佳穎跟美怡都失蹤了。」江盈甄突然間嗚咽，「我們這幾個……爲什麼會發生這種事？」

丁曉萍嚇得趕緊按住江盈甄的肩頭，「盈甄，她們會沒事的，現在還沒過午夜，說不定她們只是去哪裡而已……」

「下一個會不會是我？」江盈甄突然哽咽的迸出了這句。

這才是她眞正恐懼的。

事態太明顯了，從校慶開始的屍體，全都是她們這一掛的，雖然才兩具屍體而已，但是剩下的人卻一口氣失蹤三個，叫人怎麼安心！

尤其，那是因爲一個生病、一個今天沒去補習，如果今天江盈甄也去補習的話，只怕現在她也無法站在這裡了。

「妳們有跟誰結怨嗎？」馮千靜果然立刻就問了。

江盈甄含著淚搖頭，「怎麼可能！」

「就是啊，哪來的結怨啦！」丁曉萍跟著哭了起來，「我們沒欺負人也沒被人欺負，生活就是這麼平常……」

「可是，事情眞的對妳們這一群來的耶！」夏玄允用輕快的語氣，試圖緩解氣氛，當然效果不大。

江盈甄聞言，就只是哭得更厲害了。

丁曉萍只能安慰她，但自己也哭得泣不成聲，汪聿芃雖不是她們這一掛的，但也感同身受，輕輕拍著江盈甄的肩頭。

「王美怡那邊也報警了。」夏玄允看著手機傳來的即時訊息，「毛毛問我們這邊的情況，我先回報喔！」

「嗯。」馮千靜當然把這工作交給他，只見夏玄允拿著手機到旁邊去，用講的比較快。

「說不定接下來會波及更多人。」汪聿芃幽幽的說，「所以妳們如果有想到什麼蛛絲馬跡，一定要說。」

兩個女孩抽抽噎噎的，丁曉萍看著夏玄允的背影，忍不住好奇，「為什麼、為什麼都市傳說社的人會來？這真的是血腥瑪麗做的嗎？」

馮千靜後悔沒去打電話了，這種事交給夏玄允來回答啊！

「我們是都市傳說社，當然以此為出發點去推測了，加上屍體的狀況……」

馮千靜隨口敷衍著。

「他認為是。」汪聿芃倒是直接，旋身指著夏玄允的背影，「校慶前一晚有人召喚了血腥瑪麗，然後她可能開始殺人……也可能是王雅慧召喚的，因為血腥瑪麗會毀容挖眼。」

王雅慧就是那樣的死狀。

「問題是那個李警衛不肯說出闖進學校的是誰。」馮千靜想到這點就厭煩，「說他什麼都沒看見！這根本不可能，基本名字一定會記得的！」

江盈甄顫了一下身子，緩緩向右看向馮千靜，「什麼？」

「你抓到有學生闖進學校，一定會看他的系級跟名字，認不得臉我覺得正常，但人名呢？」馮千靜揚高了下巴，「那個姓李的有所保留！」

「妳在說什麼啊！」汪聿芃也跟著皺起眉，「姓李的警衛？那天不是趙伯當班嗎？」

馮千靜腦袋一片空白，看著眼前三個女孩，三雙困惑的眼睛。

「趙伯？」連江盈甄都有點不解。

「校慶那天我們七點才走，跟趙伯道別時，他說他今天得替班到早上。」汪聿芃認眞的回著，「說大夜的那傢伙到現在還聯繫不上，最壞的狀況就是他得代班到天亮。」

最壞的狀況……所以李警衛那晚到底有沒有出現？

校慶前一晚，値班的究竟是姓李的還是姓趙的？如果不是李先生値班，他爲什麼能將那晚形容得這麼眞切啊？

如果不是他的話，那就可以解釋爲什麼他不知道闖進校慶的女學生是誰了，因爲他根本沒在現場啊——到底誰在說謊？

「好了！」夏玄允愉快的走回來，「他們跟我們約……怎麼了？」

留意到氣氛的不對勁，這兒有些沉重啊，每個女生的眼睛都瞪得跟銅鈴似的。

「去警衛的公司！叫其他人保持機動，等我問到保全公司的地址！」馮千靜急急忙忙的撥打電話。

「怎麼回事？為什麼突然要找保全公司？」夏玄允謹慎的喊著，但馮千靜已經沒在聽了。

汪聿芃不太理解，只能就現況轉述，「好像因為校慶前一晚值班的應該是趙伯，但是你們卻認為是李叔吧！」

夏玄允愣了一秒、兩秒，瞬間倒抽一口氣——值班的不是李先生？

第六章 拒絕看見

馮千靜通知章警官後，他們也詫異於值班的問題，當天在學校裡詢問的的確是那位李警衛，怎麼這會兒跑出一位趙警衛！

於是章警官直接帶著幾個警察到保全公司去，馮千靜他們早已等在那兒。

章叔一看見他們不由得皺眉，食指晃一晃的，像是在說：「你們又在搞什麼鬼？」

有警察出面調查方便許多，一下子就看見攤在桌上的班表了，校慶當晚的大夜值班的確是李先生，簽名也是他，換句話說……可能是因爲李先生臨時有事，偷偷請同事幫忙代一下班。

但到底代了多久？一整夜？還是他後來就到了？公司直接打到學校去，李先生完全支吾其詞。

「沒有隱瞞就不必心虛，看來巡邏時遇到學生的不是他。」章警官如此判斷，「只怕趙警衛是把遇到學生的事情轉述給李警衛聽，這樣萬一發生什麼事，他也好說得上話。」

「這樣就能理解爲什麼他一問三不知，啥都不記得了。」林淮喆倒是相當訝異於這個發展。

「可是……趙伯呢？」鄭宗霖不解的提問，「趙伯又怎麼了？」

「什麼怎麼了?」章警官反問。

夏玄允正偷瞄著那本攤在桌子上的班表，上頭一路簽名都是各班警衛，不過很妙的是，校慶之後，就沒有姓趙的警衛簽到。

「一口氣代太長的時間生病了嗎?」他指著班表問，「我看趙先生從三天前就沒有值班了。」

「啊，對……這樣就說得通了，隔天早上他打電話來請假，說身體不舒服，連幫忙代班的人都找好了，找附近一個社區夜班的警衛幫他代。」保全公司的人這才明白，「看來他可能幫李桑代了整個大夜啊……嘖!這不是第一次這樣搞了。」

「那位李警衛以前就有紀錄嗎?」馮千靜看他們的神態，似乎見怪不怪，「汪聿芃說，趙叔提及李警衛喝酒。」

「有幾次，但多半是帶酒氣值班，之前都被大樓住戶投訴，才改派到學校。」負責人搖著頭，「趙伯年紀大了，還讓他這樣熬夜，難怪他身子不舒服。」

「一連請這麼多天喔?」郭岳洋好奇的問。

「是……是啊!」經理遲疑了一會兒，「他一開始只說請一天，然後我們就聯繫不上了。」

聯繫不上？毛穎德覺得心涼了半截。

「聯繫不上你們就算了？家人呢？」章警官有點微慍，幾天了員工沒來上班卻毫不關心？

「這常有的事啊，我們急著找人遞補都來不及了，你知道不是那麼多人手可可以說補就補的。」經理一臉理所當然，「多的有人連屁都沒放就不見的啊！」

「地址。」章警官立刻要求趙伯的地址，陳睿彥站在後方，瞥一眼就把資料全數記下了！

接著警方就要直接去趙伯家找人，雖然大半夜的有些不好，但總是要確定人平安。一票學生待在外頭，章警官走出後擰著眉看向高中生，再看了看時間。

「爲什麼凌晨一點會有高中生在外面晃？」他嚴厲的看向馮千靜，「現在風聲鶴唳，妳讓他們跟著？」

「別看我。」馮千靜下巴指向夏玄允，「我們也沒鼓吹。」

「唉，你！」章警官讓一位警察上前，要他送鄭宗霖他們回家。

「啊！我不要，我也想……」

「我也想找到何嘉瑄她們！」

不管高中生如何抗議，最後一樣得乖乖聽話，讓警察護送回家，馮千靜覺得這樣倒好，不需要太多外人在場，而且已經知道了重要的關鍵，他們明天還要上課，回去才是正確的。

「我們會處理的。」林淮喆還在跟跨坐在腳踏車上的學弟妹們說著，「盡最大的努力，盡量找到何嘉瑄她們。」

江盈甄哽咽的點點頭，不停的抹著淚，「還有佳穎、美怡……」

「我們會盡力的，妳快回去吧，不然妳媽會擔心死的。」夏玄允遞上衛生紙，「不要落單喔，全部都得跟著警察。」

江盈甄點點頭，周庭卉只覺得被這麼一說，跟著有點害怕。

「媽媽？」周庭卉訝異的回頭，「江盈甄的媽媽嗎？」

「對啊，超超超正的！跟大明星一樣漂亮的美魔女！」夏玄允還豎起大拇指，「女神等級。」

江盈甄啜泣著，「因爲之鳳的命案，她擔心我就提前回來了。」

「喔！」周庭卉苦笑，「眞好，我爸媽只打電話回來叫我小心一點。」

毛穎德看著這幾個學生，怎麼大家好像家長都不在家啊？周庭卉的言下之意表示不是跟爸媽一起住，說得也對，汪聿芃或是鄭宗霖大半夜在外面，也沒看他們接過一通電話。

是信任還是放任？或是說根本沒跟父母住在一起？當然，也有可能是孩子的一意孤行，父母電話打到爛也不願意接電話。

「江盈甄，明天再騎車還妳。」馮千靜沒忘記她跟夏玄允向她借的腳踏車。

「沒關係。」她勉強劃上微笑，用紅腫的雙眼。

送走高中生們，吳雯茜跟著嘆口氣。

「幾乎都是隔代教養，跟阿公阿嬤、或阿姨親戚，周庭卉是跟阿姨，父母都在外地工作。」她看出來毛穎德等人眼裡的疑惑，「鄭宗霖是單親，爸爸是日夜顛倒的，所以到現在也能在外面晃。」

「哇……」夏玄允很難想像這種生活，他是優渥的富二代，在父母疼愛下長大的孩子，但總是能見到自己的爸媽。

「沒辦法，他們也只是想給孩子更好的生活。」陳睿彥淺笑著，笑容中有一絲悲傷，「好啦，處理正事吧，跟章警官去嗎？」

「不許。」章警官冷硬出聲，「大學生也不代表可以混吧？回去了！」

夏玄允跟郭岳洋仰起頭，用那可憐兮兮的眼神瞅著章警官。

「章叔，我們保證不打攪。」

「章叔，我們可以等你們弄好再進去！」

「就看一眼！看一眼！」夏玄允還在討價還價，「總是要讓我們瞧一下有沒有別人在啊？」

別人？警察們不由得看向那兩個可愛的男孩，他們口中的別「人」，可能不太屬於「人」喔！

「誰？」章警官皺眉，「算了，你不要說。」

還會有誰！夏玄允跟郭岳洋現在處於高度亢奮狀態，爲的就是血腥瑪麗啊！

章警官跟他們約法三章，他們就是只能待在外面，先讓警方進去，鑑識小組進去後，再評估他們能不能進入，如果不能，絕對不許盧。

夏玄允跟郭岳洋滿口說好，連林淮喆都悄悄挑眉，他可不覺得這兩個都市傳說狂熱者有這麼好打發。

最後毛穎德接手腳踏車，他跟馮千靜騎腳踏車，其他人全搭警車，一路前往趙伯的住處。

「話說回來，」馮千靜邊騎車一邊皺眉，「爲什麼都市傳說都要叫這種菜市場名啊？」

「因爲Mary是很普遍的名字吧！應該說在早期都是普遍名字。」毛穎德低聲笑了起來，「放心，現在這名字少了！」

「再少還是普遍。」之前有具莫名其妙的娃娃，也是叫瑪莉。

「再幾年妳會發現全天下都叫艾莎。」他意有所指，那轟動一時……不，是已轟動好幾年的動畫卡通。

「所以，艾莎的電話？血腥艾莎？」馮千靜也忍不住笑了起來，「冰凍艾莎！」

兩個人騎在後面有說有笑，警車裡的夏玄允回頭看著，心情仍是複雜。

「他們很順利啊！」郭岳洋也笑著，「你還沒釋懷喔？」

「釋什麼懷啦！」夏玄允很無辜的嘟起嘴，「你不知道上次小靜直接找我挑明了說她喜歡毛毛，還以爲我對毛毛有特殊情感！」

呃……旁邊的林淮喆圓著雙眼，是啊，就連現在聽起來都有點像在爭風吃醋耶！

「是喔！」郭岳洋有點驚異，他不知道有這件事。

「反正我也希望毛毛開心，我只是不想被忘掉……」夏玄允回頭趴看著，「他們很配厚！」

一車的人都在點頭，上一次馮千靜已經充分表現出對毛穎德的喜愛了，這點林淮喆跟陳睿彥都清楚明白。

只是，好像那次之後也沒太大進展？

趙伯家住得有點遠，不過馮千靜跟毛穎德都是體育型的選手，體力充沛不成問題。時近凌晨兩點，附近一片靜寂，大家也不敢聲張，警笛聲未鳴，幾個警察查閱地址，趙伯住在五樓，樓下先請鄰長開門，上去再說。

「待在這裡。」章警官上樓前，還特地交代夏玄允他們。

警察們上樓，站在門口連門鈴都不必按，章警官就知道出事了。

「找人開門。」他急速下樓，「法醫也叫過來吧！」

怎麼了？馮千靜狐疑的看向站在公寓樓下的章叔，他搖搖頭，捏著鼻子示意：屍臭。

站在五樓門口，他們就聞到了屍臭，味道不甚濃烈，可能才剛開始腐敗，但是對偵辦案子已久的他們來說，這一點點味道便能辨識。

「屍臭嗎？」郭岳洋有些緊張，「趙伯……」

「都死了……一個接著一個，跟召喚血腥瑪麗有關的人都死了。」夏玄允仰首看著五樓的陽台，「重點是，怎麼死的？」

毛穎德皺著眉，心事重重，但只遲疑了幾分鐘，突然往前，準備到對面的公寓裡去。

「喂！你幹嘛？」馮千靜拉住他的手。

「我想進去看看。」他朝她使著眼色，「就只是在一樓，不上去……」

啊啊，他想先知道怎麼死的……馮千靜立刻點頭，但沒有鬆手的陪他上前，郭岳洋緊張的驅前，被她回身一手擋下。

「你們兩個在這裡，不許動，我們一下就出來。」

「可是為什麼……」

「我們又不上樓。」毛穎德淡淡說著，直接走到對面去。

有問題。夏玄允打量著眼前兩個人的背影，毛毛跟小靜有什麼祕密沒有跟他說。

這就是他最討厭的事！他們在一起後，他就被排除在外了啦！嗚！

啪！郭岳洋兩個手掌猛然貼上他的臉頰，直接擠壓，「醒醒啊夏天！」

「幹嘛啦？」被擠壓到噘起嘴的他不明所以。

「誰叫你那張什麼臉啦！」郭岳洋先壓再捏開，「火在眼裡燒咧！」

「他們有祕密！哼！」夏玄允超級不爽。

郭岳洋笑著鬆手，人家都小情人了，當然有自己的世界啦！夏天就是看不開，人都會長大，大家都有另外的一片天，誰都不可能永遠是孩子，不可能會是永遠的玩伴。

而前方的毛穎德背影緊繃，他不停的調整著呼吸。

「準備好了？」馮千靜輕聲的問。

「永遠沒辦法準備好。」他無奈，轉頭看著她，然後一腳跨進去——劇痛立即從肩頭襲來，他痛得咬牙，右手即刻撫上左肩！

喝！馮千靜飛快的攙住他的手臂、他的身子，不讓他倒得太明顯，因為他不想讓夏天他們知道啊！

「可惡！」他被迫退到門後信箱之處，「好痛！」

「能忍嗎？」她憂心忡忡。

「可以，不到錐心刺骨……」話是這麼說，但是他冷汗都已冒出，「是都市傳說。」

不是什麼自然死亡，也不是他殺，他的左肩只有發疼，那就只有一個原因：都市傳說。

「瑪麗小姐還在這裡嗎？」

毛穎德搖搖頭，「她如果在這裡，我應痛到站不起來了。」

眞是好消息啊……馮千靜將他扶出公寓外頭，冷汗都從頰畔滑下，雖在忍受範圍內，但果然還是很痛。

「趙警衛也召喚了血腥瑪麗嗎？」她覺得這一切太扯了，「血腥瑪麗到底是什麼玩意兒啊？」

「摸得清就不叫都市傳說了，連夏天都說不分明。」呼，毛穎德鬆了口氣，離開公寓後果真舒服許多。

不一會兒人來人往，附近許多住戶都醒了，聽到巨大的撬門聲響，燈一盞接著一盞的亮起；馮千靜他們最後窩進了警車裡休息，打了陣瞌睡後，直到有人敲窗，她立即驚醒。

「章叔。」打開車門，鬆卸下防禦姿勢。

「上來吧。」章警官臉色凝重，「我們需要你們。」

咦？馮千靜只覺得心裡涼了半截，章叔說需要他們……那就表示上面有難以解釋的情況了。

她真不想再碰都市傳說。

搖醒睡死的萌系男孩們，毛穎德正在做心理準備，在公寓樓下還能忍，進到命案現場就不一定了。

戴著口罩、手套跟腳套，他們在警察的帶領下進入五樓，屍臭味不甚濃，但的確是死亡的氣味，趙伯家大概十五坪大小，才一進門，就看見滿牆滿地的鮮血飛濺。

不是大量血跡，只是稀疏的斑斑血點，但到處都是：地板、牆壁、斜倒的桌子、倒在地上的倚子，趙伯的家活像經過一陣劇烈的打鬥，或是被搶劫一樣。

一堆物品落地、瓷器碎裂、桌椅櫃子都有移位，而且上頭全沾滿血跡，像是有人在這兒滿室扭打，打到哪兒，血跡就噴到哪兒。

踏進玄關沒兩步，就可以看見門邊的立身鏡被砸了個碎片處處，上頭的破片上也都血跡斑斑。

由於坪數不大，所以輕易能看見整間屋子的模樣，法醫跟鑑識人員蹲在靠近廁所外的地上，大體便在那兒。

「狀況不太好看，你們……」小心一點，章叔本來想講這句的，但是這四個人根本已經湊上前了。

好吧，當他沒說。

毛穎德壓抑著痛楚彎身查看，夏玄允跟郭岳洋巴不得就蹲到大體邊瞧個清楚，不過法醫跟鑑識小組都硬是要他們保持一定的距離。

趙伯的年紀看起來不小，幾乎全白的頭髮，歷經風霜的臉龐還有……血紅的雙眼，眼皮上卡著鏡子碎片，闔不上眼，因為有鏡子碎片自穿刺入眼球。

「鏡子碎片很長，左眼比較糟，應該完全刺穿眼球了。」法醫沉著聲，「右眼呢……」

他看著夏玄允他們，再輕輕的扳開看似完整的右眼眼皮。

眼皮一揭開，是裂開的眼球，中間一個不規則的裂洞。

夏玄允跟郭岳洋完全沒有心理準備，他們僵直著身子看著這殘忍的畫面，光是看見腦海就有影像，彷彿感受到鏡子碎裂活活插進眼睛裡的痛楚。

「活生生插進去的嗎？」馮千靜問，雞皮疙瘩都爬滿身體了。

「對，生前插的，而且……」法醫執起了趙伯的手，「他的手上都是割傷，發現他的時候，手裡還握著——」

對面的鑑識人員拿出證物袋，袋子裡是一片染滿血的尖銳破片。

「我的天……」夏玄允倒抽一口氣，「你們的意思是他自己拿碎片刺進眼睛裡？」

「這要等鑑識後才能確定。」小組人員指著證物袋，「例如碎片上有他的ＤＮＡ、水晶體或是……」

「可以再噁心一點！」毛穎德站直身子，按著左肩別過頭去。

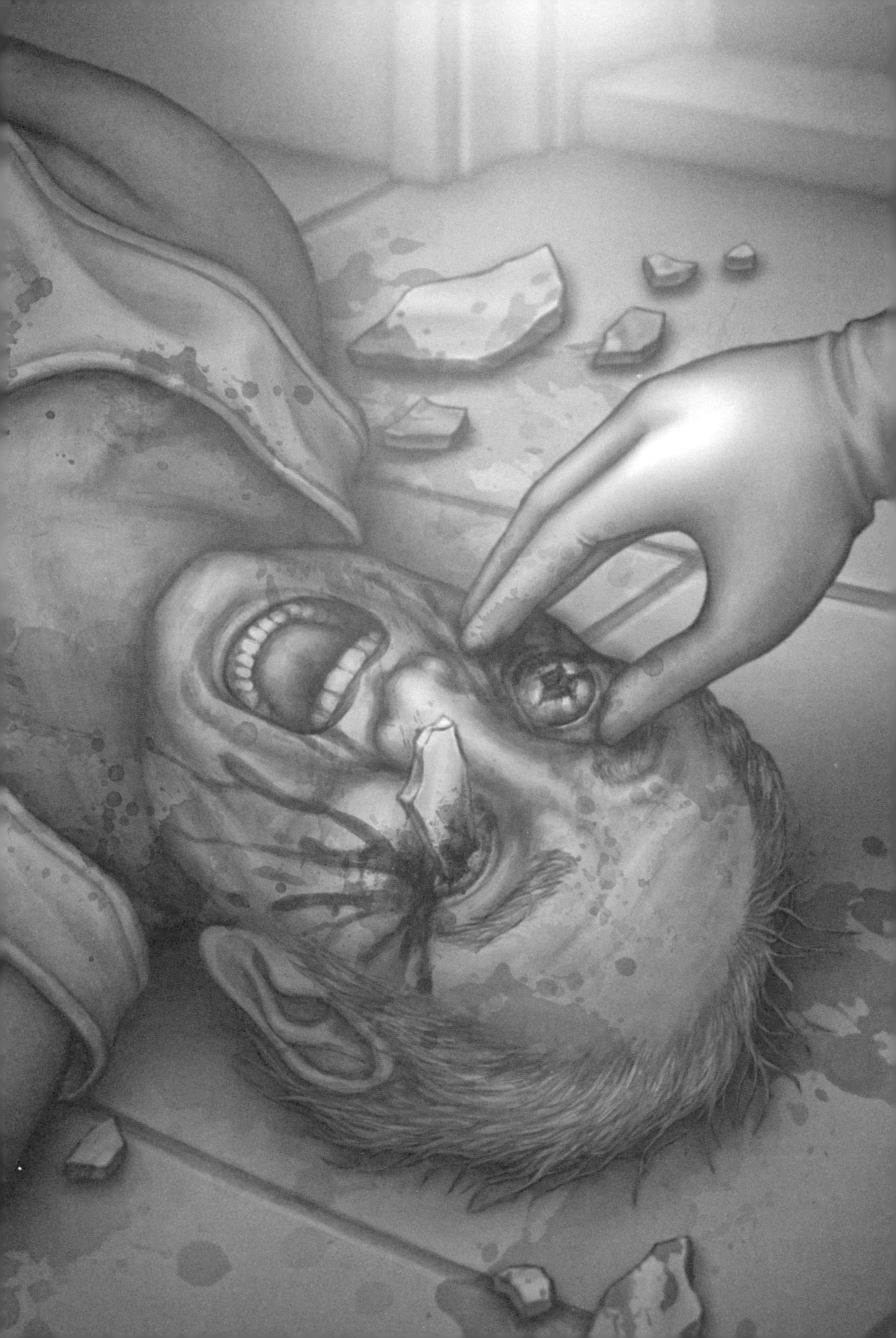

這一室的血跡，就是因爲趙伯自己戳瞎眼睛，到處亂撞亂跌造成的嗎？

「天哪……」連夏玄允都忍不住皺眉，「到底發生了什麼事，會讓一個老人家這樣……誰會拿鏡子破片插自己眼睛啊？」

「你們進來看吧。」章警官站在後頭的廁所前，語重心長。

夏玄允爲首，即刻跳起來往浴室裡衝，只是才到門口就被章警官攔住，站在這兒看就好，那裡面是踩不得的。

爲什麼呢？因爲整間浴室全是鏡子的碎片，洗手盆上的鏡子一樣被砸了個粉碎，更可怕的是白瓷磚牆上全是沾血的掌印或拳印，凌亂且到處都是，地板上也是腳印處處，還有扯斷的毛巾桿，崩壞一角的洗手盆……

趙伯到底是在跟誰打架？這像是一場大戰，扭打、推擠，激烈到破壞了浴室的一切，連洗手盆都可以崩壞，牆上到處都是——郭岳洋抬頭向上，看見了天花板的掌印。

「欸……」他拉拉身邊的夏玄允衣服，「夏天？上面……」

上面？所有人跟著抬頭，天花板上的掌印不說，光是兩公尺上方的所有印子，都不是一般人能搆到的！

「沒有人能搆得到上面。」章警官嚴肅的說，「現場沒有任何供墊高的東西。」

「我的天……掌印確定是趙伯的嗎？」馮千靜覺得渾身不痛快。

「還不確定，但不管是不是他的……」都不屬於人類的吧！

夏玄允環顧著四周，打量著每個角落，他們不能拍照，只能仔細的看著這一切，毛穎德臉色益發蒼白，他決定暫時離開廁所，其實他需要的是離開這棟樓。

瞧得出他的痛苦，馮千靜就更加確定這眞的是都市傳說。

「電視、玻璃櫃全部都碎了，全沾滿血，符合趙伯手上的傷口。」鑑識人員起身說著，「他幾乎是徒手砸破所有的易碎物！」

夏玄允搖著頭，「不，不是，他是砸毀所有會倒映出自己的東西。」

「他在怕什麼……趙伯恐懼著什麼，把所有會映出他的東西都砸爛，這樣還不夠……」郭岳洋恐懼的深呼吸，聲音有些顫抖，「所以把自己的眼睛給……」

在場的專業人員無不用詭異狐疑或神經病的眼神看著他們，這些話實在很難想像，是從那兩個看上去這麼可愛天眞的孩子們口中說出，但是章警官知道他們是認眞的，否則也不會讓他們上來。

「看來有人在逼他……」毛穎德吃力的說著。

「千萬別告訴我，召喚血腥瑪麗的其實是他！」馮千靜想到夏玄允說過，血腥瑪麗會把召喚者的眼睛戳瞎。

「應該不是，我覺得是趙伯知道了不該知道的事，或是血腥瑪麗不想讓他多嘴。」夏玄允凝重的看著地板上的趙伯，「他一定眞的有看到誰闖進驚奇屋，才會準確的轉達給李先生知道。」

毛穎德看著浴室、看著趙伯，「就是因爲趙伯看到了那個女學生嗎？」

咦？馮千靜突然一顫身子，吃驚的睜大眼睛，「會不會是……看到了更不該看的？」

噢噢噢，夏玄允雙眼頓時一亮，嘴角掩不住笑意的綻開燦笑。

「天哪！趙伯看見血腥瑪麗了！」

好幸福喔！

第七章 下一個

沒人知道趙伯確切看見了什麼，但是他一定看見了讓他嚇到魂飛魄散的東西，甚至到最後不惜砸爛所有家中會反射的物品，甚至甘願刺瞎自己的眼睛。

何嘉瑄、劉佳穎及王美怡確定失蹤已經超過七十二小時了，學校完全處於風聲鶴唳的狀態，高中女生人人自危，許多人開始請假，學校也再三呼籲大家一定要結伴而行，切勿落單。

不過論起最害怕的，應該是驚奇屋的三個班，還有目前還剩下的江盈甄、及另外四個較不熟但稱之一掛的女孩了吧！

她們的教室依然還是命案現場，所以無法上課，學校另外開放了教室讓她們繼續上學，只是人心惶惶，班上一下子少了好多人。

「還好嗎？」午飯時間，周庭卉跑去找江盈甄她們一起吃飯。

江盈甄默然的坐在位子上，臉色蒼白的始終盯著手機。

「我也不敢關聲音，半夜LINE響起，我就在想會不會是何嘉瑄傳的……或美怡，或佳穎……」淑文也是一副心神不寧的樣子。

「韓佩茜呢？」汪聿芃是拉隔壁椅子過來的，「這兩天都沒看見她。」

「她不敢來學校了啦！」阿庥沒好氣的說著，「這種情況誰敢來啊，而且……我不懂耶，到底爲什麼要針對我們？」

丁曉萍用手肘推了阿麻一下，幹嘛哪壺不開提哪壺！她們先別提，現在最難受的應該是江盈甄吧！

跟何嘉瑄她們最熟，保證一掛，聽說是因爲那天沒去補習班，才逃過一劫。一票六七個人，這麼巧出事的都她們？現在似乎只剩下江盈甄跟宋欣妏了。

「沒事的，只要不要落單就好。」鄭宗霖從後面走來，「我跟周庭卉每天會陪妳回去。」

江盈甄轉頭看向他們，點了點頭，「謝謝……那個，夏天那邊有什麼消息嗎？」

「兩天沒聯繫了。」汪聿芃靜靜的咬著麵包，「趙伯出事後，好像他們也沒什麼聲音了。」

提到大家都喜歡的趙伯，氣氛就更低迷了，因爲趙伯每天都會在校門口送大家回家，那如鄰家爺爺般親切的笑容，是每個學生最喜歡的時刻，揮著手大聲喊「趙伯再見」，像是一種慣例，誰知道……他居然陳屍在家中，死因還是自殺。

趙伯怎麼可能會自殺？大家都知道，新聞草草帶過，但是夏玄允說了，那天晚上在驚奇屋外撞見闖入者的是趙伯。

至於自殺這件事，鄭宗霖想起來就會打寒顫，學長說……趙伯是看到某個在鏡子裡映出來的東西，發狂的刺瞎自己的雙眼。

汪聿芃托著腮，正常人都不會拿碎片刺進自己眼珠子裡吧？再害怕也不可能，想到就很痛好嗎！連她都不得不承認，整件事的確太奇怪……而且，她也不相信趙伯會自殺。

有什麼人或力量，逼迫他這麼做的。

手機螢幕一亮，桌上五個女孩紛紛往上頭看，她們果然個個如驚弓之鳥，都相當緊張。

「咦？」江盈甄驚異的喊著，「欣妏來上學了！」

「什麼？她傻了呀，這時候應該繼續養病吧！」淑文吃驚的看著手機，「她是最應該待在家裡的人之一啊！」

「啊，我去找她！她已經到學校了！」江盈甄急忙站起，「她不知道我們換教室了！」

周庭卉連忙阻止，「我去我去！江盈甄，妳應該待在人多的地方。」

江盈甄看著周庭卉，難受的抱著頭，欲言又止但說不出話，最後也只能點點頭。

「是啊，妳還是待在這裡好了。」汪聿芃塞入最後一口麵包，「我們去好了。」

周庭卉也趕緊起身跟著，鄭宗霖拍拍江盈甄要她放心，一定把宋欣妏接來。離開教室的他們三人，還是忍不住的回頭看著那五個女生。

「我眞的覺得是她們其中一個。」鄭宗霖低聲說著。

「我覺得不是，但就算不是……她們一定做了什麼讓血腥瑪麗不爽的事。」周庭卉深表同意。

汪聿芃看著左手邊的兩個人，「可能不是讓血腥瑪麗不爽，是讓召喚者不爽，學長他們不是說可以對血腥瑪麗許願的嗎？」

「許願綁架還是殺掉自己同學喔？」周庭卉又打了冷顫。

「這也不一定，我說眞的，如果是變態殺人魔，未免也太巧了。」鄭宗霖扳起手指，「就都何嘉瑄她們那掛？」

「我相信是都市傳說。」汪聿芃認眞的看著前方，「因爲正常人再恐懼，也不會拿鏡子破片往眼睛裡插。」

周庭卉倒抽一口氣，她知道汪聿芃在說什麼，因爲她跟趙伯很好，他們不是那種只會講再見的關係，她還會帶點心給趙伯，眞把他當爺爺似的。

那位李警衛已經坦承那天大夜他根本沒來，在練歌坊裡醉得不醒人事，是趙伯用訊息留言跟他說關於遇到學生的事。不過依照留言，至少知道了確切的時間，但其他細節依然隨著趙伯的死，石沉大海。

都市傳說啊！鄭宗霖搓著身上的雞皮疙瘩，王雅慧的屍體至今他仍難以忘懷……要他再回去驚奇屋，還眞是折磨。

女孩站在驚奇屋的門廊下，抬首用一種困惑的眼神望著眼前的一切，她有著長及腰的秀髮，戴了個素色黑色的髮圈。

「同學，換教室了喔！」

遠遠的，傳來輕快的聲調，女孩回頭，看見漂亮的男孩朝她揮揮手。

嗯？沒穿制服？她眨了眨眼，不是學校的學生。

「這三個班現在都不在這裡上課了。」夏玄允眉開眼笑的，「妳怎麼一臉很迷惑的樣子？」

「換教室啊……」她不安的看著他，「這些東西我以爲都拆掉了。」

「畢竟是命案現場，沒這麼快。」郭岳洋親切的瞅著她，「讓我猜，妳是宋欣妏對吧？」

咦？宋欣妏明顯的嚇到了，連連後退數步，「爲……爲什麼？」

「不用害怕啦，我們是A大的！」夏玄允趕緊上前朝她伸出手，「因爲事情都過這麼多天了，會不知道的只有請病假的妳啦！」

宋欣妏哪敢跟他握手，嚇得轉身就想跑。

「欸！別跑，我們是……」郭岳洋還想解釋，但宋欣妏只是更加慌張。

結果在另一頭撞上了鄭宗霖！

「哎哎……」鄭宗霖連忙扶好她，「是怎……宋欣妏！」

「啊，你……你是……五班的？」六班的宋欣妏會跟鄭宗霖接觸，也是因著最近的校慶。

「妳果然在這裡，我們要來告訴妳教室換了。」周庭卉跟她同班，留意到她後面的人們，「咦？夏天？」

「嗨！」夏玄允用力招手，「你們也來啦！」

「你們怎麼來了？」鄭宗霖趕緊安撫宋欣妏，「妳在跑是因爲他們嗎？」

宋欣妏慌張回頭，「我不認識他們啊！」

「沒事啦，他們是A大都市傳說社的人。」周庭卉眨了眼，「就最近在班級LINE群組傳的那、個。」

嗯？宋欣妏一怔，冷靜許多的回首看著夏玄允、郭岳洋……啊啊，大家在說學校命案跟都市傳說有關，然後有幾個超帥的男生！

「你們怎麼來了？」汪聿芃逕自往前，筆直走向他們。

「來看一下驚奇屋。」夏玄允挑了挑眉，「一切事件的起點。」

學生們同時看向屋子，再度湧現不安，宋欣妏更是緊皺眉心，「你們眞的覺得有人召喚了血腥瑪麗嗎？是不是雅慧？」

「應該不是。」周庭卉搖搖頭，「如果是雅慧，她出事後就該停止，不會有之鳳的事情，何嘉瑄她們也不會失蹤吧？」

「大家都習慣說是王雅慧。」毛穎德有點爲她覺得不値，「她去召喚也是不得已的吧？」

「因爲她賭輸了啊，我也沒想到她們會用這個懲罰……」宋欣妏咬著唇，「雅慧本來一點都不想去的，大家還起了爭執，所以、所以我想會不會是她——」

「如果這樣子就召喚血腥瑪麗，那妳們的友情挺薄弱的啊！」馮千靜很認眞的說。

她忍不住聳肩，那好像也只有認了？

宋欣妏錯愕的望著戴著鴨舌帽的馮千靜，她看不清她的臉，但是這個女生說話很嗆喔！

「好了啦，就是大家一時意氣用事嘛，盈甄不是也說了，她只是因爲看見我們在打造浴室，才想到血腥瑪麗的事！」鄭宗霖趕忙打圓場，「學長姊要進去嗎？眞的可以進去喔？」

呃，不知道。夏玄允微笑著點頭，他們根本不知道這行不行進入，但是他們想了幾天，覺得事情還是要從召喚地開始才對。

滿牆莫名滲出的鮮血，那時鐵定有召喚出血腥瑪麗……召喚完畢，她眞的離開了嗎？

夏玄允率先鑽進封鎖線裡，郭岳洋也迫不及待的跟上，毛穎德即刻要高中生都待在外面不要進去，午休也快完了，他們可以回教室去了。

「那……」宋欣妏突然往前，「我想……我也想進去看一下。」

咦？馮千靜跟毛穎德狐疑的打量這弱不禁風的女孩。

「不要吧，裡面氛圍挺嚇人的，道具也還沒撤走，我們沒時間顧妳。」馮千靜說得直接，萬一她在裡面尖叫暈倒的話，誰扛啊？

「我只是想看看完成的樣子，我都沒參與到。」她咬著唇，「而且我知道是假的啊，人多我比較不怕。」

重點是，這些是大學生，她覺得比鄭宗霖他們可靠多了。

毛穎德遲疑著，夏天只是進去確定一下有沒有遺漏之處，因為何嘉瑄她們失蹤後至今無消無息，生不見人、死不見屍，而且血腥瑪麗再也沒有出現，反而是趙伯的慘狀讓人無法忘記，害他們成天想著趙伯究竟他看見了什麼？

從趙伯家的跡證看來，他沒召喚過血腥瑪麗啊！

「進來吧！」結果明明進去的夏玄允居然繞出來了，還當自己家一樣熱烈歡迎宋欣妏，「放心好了，裡面沒什麼的，而且燈可以點亮，妳不用怕！」

他還積極到把封鎖線拉開，好讓宋欣妏進去，毛穎德瞪圓著眼看著他，他只是眉開眼笑的用嘴型說：沒關係啦！

想想連校慶都沒參與到，想上學卻困在病床上的可憐少女，他們當然要多加照顧啊！

唉，毛穎德嘆氣，低頭對上一雙帶著擔憂的眸子。

「你可以？」馮千靜懷疑。

「這裡不嚴重。」他扭扭肩頭，的確正常。

馮千靜頷首後走進驚奇屋裡，不忘再伸手警告鄭宗霖他們，不許進來。

三個學生有點無奈，互看著彼此。

「我們還是要等宋欣妏。」汪聿芃雙手抱胸站在外頭，「不然她不知道教室在哪裡。」

「嗯，還有十分鐘呢！」周庭卉也一起等，順便跟江盈甄她們說一聲，在驚奇屋外遇上夏玄允了！

汪聿芃盯著驚奇屋的門，再看向鄭宗霖，不解的噘起嘴，「欸，好像沒人告訴他們電源切掉了耶！」

電燈打不開。

郭岳洋扳了幾次開關，最後放棄的拿出手機照明，通道裡許多螢光物品，勉強看得見，但實在太黑了。

「爲什麼會沒電？學校停電嗎？」毛穎德不明白。

「天曉得！速戰速決！」馮千靜催促著，他們可不是來觀光的。

幸好手電筒現在的光線很強，一路照明直抵浴室，原本驚奇屋有的燈都起不了作用，只是ＬＥＤ燈照在浴室裡那面血牆或鏡子上時，會讓人偶爾有不安的錯覺。

因爲燈光好刺眼，根本看不見映在裡頭的樣貌，而且ＬＥＤ照在這帶著血的白牆上，反而憑添一股森幽感。

浴室太小，所以馮千靜跟毛穎德在外面等，夏玄允跟郭岳洋在裡頭瞧，他們實在不知道兩個狂熱者究竟想找些什麼，對他們來說，只希望快點讓一切停止。失蹤的高中生不論是死是活，都該現身。

林詩倪收集的資料中，那血腥瑪麗毫無人性、毫無道理可言，似乎厭惡被召喚出，但是卻又留個線索讓人們召喚。

宋欣妏往裡探頭，她有些好奇，恰好夏玄允他們分站兩邊，中間多了點位子讓她站，所以她便走了進去，驚異的看著整間浴室。

「有人在這裡，召喚血腥瑪麗啊……」她喃喃說著，聲線有些抖。

毛穎德靠在門外，思考著王雅慧從浴室奔出去的路徑，老實說還眞辛苦，這邊到門口至少有兩個彎路，而且中間路障頗多，她能這樣一路到門口眞不簡單……趙伯只是遇到她，還是他撞到的其實是血腥瑪麗？

唔！毛穎德驟然咬牙，瞬間蹲下身子，他是痛到連站都站不住，右手大掌緊按著左肩，冷汗在一秒滲出！

「毛穎德！」馮千靜焦急的驅前，只見他猛然抬頭，臉色慘白得驚人，緊咬著牙忍住痛楚。

一句話也沒說，他吭不出聲，眼尾往後瞄：浴室啊！去看！

啊！馮千靜緊急旋身往浴室裡看去，她不明白爲什麼毛穎德會突然痛成這樣，他們只是來看線索而已，浴室裡沒有任何召喚儀式的東西，沒有蠟燭，只有兩道刺眼的燈光，還有……

等等，兩道刺眼的燈光？馮千靜根本看不見鏡子裡映著什麼，因爲夏天他們的手電筒光一左一右，分佔了鏡子兩邊，反射光刺眼到她什麼都看不見！

但是，這就像兩根蠟燭，放在鏡子前，然後不是還要唸召喚……

「Bloody Mary？」宋欣妏仰著頭，看著牆上的文字跟著唸，「Bloody Mary，Bloody ——」

電光石火間，馮千靜衝上前由後摀住唇，直接扣住她！「唔！」

宋欣妏嚇了好大一跳，悶聲尖叫，掙扎的身子一秒就被制住。

「不要動！」馮千靜用力往內收力量，箝住宋欣妏，「誰叫妳亂唸的！」

她跟著抬頭，發現上面的字怎麼還沒被抹掉？那天不是就叫……啊，美術組才在作業，就發現了王雅慧的屍體，所以一切暫停。

「怎麼了？」夏玄允轉了過來，「小靜爲什麼……扣著她？」

「她在召喚血腥瑪麗。」馮千靜這才鬆開手，「兩根蠟燭加上喊三聲血腥瑪麗，妳也想召喚嗎？」

「蠟燭？哪來的蠟燭？」郭岳洋這邊還傻傻搞不清楚。

「手電筒啊！一人一盞！」她拍了他們握著手電筒的手一下，「就在鏡子裡，結果這女生還照著牆上的字在唸，這不算召喚嗎？」

郭岳洋很是狐疑，低頭看著自己的手，他想過手電筒也能算是蠟燭嗎？不過光線映著鏡子，鏡子裡反射出無數道的光線……

夏玄允跟著向右看著鏡子，這麼說好像有點道理啊……只是現在鏡子裡只有強光，跟他們四個人的身影。

照理說在這光線中，自己的臉會逐漸消失，然後漸漸看見另一個人的樣……

那是什麼？宋欣妏兩眼發直的盯著正前方，卻沒人留意。

「手電筒算嗎？」夏玄允望著自己手上的燈，一開一關的，「明明說要蠟燭的。」

不……不要！爲什麼他們沒看見？鏡子裡那是什麼東西啊？不是——哇！

「啊……啊啊啊！」在他們中間的宋欣妏突然驚恐得雙手往臉上撫去，「那是什麼？天哪！」

什麼?馮千靜看她直視著鏡子，雙手拼命的在臉上摸著，「誰?」

「不要!不要這樣——」她驚恐的尖叫著，兩隻手都罩臉了，「住手!不要這樣!」

「宋欣妏?」郭岳洋趕忙拉住她的上臂。「妳怎麼了?妳看見什麼了?」

「哇啊!」她驚嚇得動手甩開郭岳洋，「不要抓我!走開!走開——都走開!」

她緊閉起雙眼尖叫著，猛然回身直接撞開了馮千靜，二話不說往門外衝去!

她根本是不顧一切的瘋狂衝撞大家的，郭岳洋直接被撞得往馬桶那邊摔，馮千靜是向後撞上門板，夏玄允沒有太多空間，整個人踉蹌往後，撞到了浴缸，下一秒直接就摔了進去!

「啊!」

撲通，夏玄允狼狽的跌進了浴缸裡，屁股著地，濺起一大片水花!

「搞什……」馮千靜揮著手，不顧身上有水，轉身就衝出去，「宋欣妏!」才離開浴室門口，立刻就被抓住了，「喂——」

回眸，是已勉強站起身的毛穎德，他嚴肅的凝視著她，已經滿臉是汗。

「不行去……」他痛到連說話都很吃力，因此箝著她手臂的力道更是重，

「妳現在去的話，會……落單。」

落單……她咬著唇，「可是……」餘音未落，啪啪啪的頭上的燈突然都亮了。

咦？他們紛紛抬頭，剛剛一路走來的確是開了燈，但沒料到燈會突然全亮，緊接著，腳步聲從正前方傳來。

「怎麼了嗎？我們聽見聲音！」鄭宗霖急忙走進，「我剛去把電源接上了，應該都亮了！」

「宋欣妏呢？」馮千靜問著，「她剛跑出去了。」

「嗄？」鄭宗霖身後跟著周庭卉跟汪聿芃，她們倆原地回頭，「跑出來？沒啊，我們才從入口進來而已耶！」

來到浴室門口的郭岳洋有點慌張，他剛也摔得不輕，「會不會往出口去了？」

馮千靜跟毛穎德往右邊看去，放棄輕易可抵達的路，選擇了蜿蜒區折又沒去過的出口，眞佩服她的思維啊！

「發生了什麼事了嗎？」汪聿芃困惑的問著，「爲什麼宋欣妏會跑掉？」

「不知道，她看著鏡子突然發狂，把我們都撞開就跑走了。」馮千靜不解的說著，「啊，夏天！」

郭岳洋這才回神，趕緊回頭去看夏玄允，結果他說屁股疼，還眞的賴在浴缸裡不出來。燈光通亮，馮千靜才能看見最靠近浴缸的她也被濺了一身紅水，夏玄允尤其狼狽的坐在裡頭，雙腳掛在浴缸邊緣喊痛，原本浮在裡頭的假髮在他附近漂，鄭宗霖強忍著笑意。

「那個洗不掉喔！」他很抱歉的說，「都是廣告顏料，我們在製作時沾上制服就洗不掉了。」

「蛤！」夏玄允蛤好大一聲，馮千靜也不耐煩厚了聲，看著自己身上的點點紅水，這樣一件衣服不就毀了嗎？

「起來啦！」郭岳洋笑著朝夏玄允伸出手，要拉他起來。

門口的周庭卉往出口看去，「欸，我去找宋欣妏好了，我怕她嚇到，而且前面那段還有岔路，那邊的燈也還沒開。」

這區的燈會亮，是因爲夏玄允他們一路進來一路扳開關，所以通電後燈才會全亮啊！

完全無法行動的毛穎德瞥向鄭宗霖，用嘴型說著：陪她去，不管在哪裡，女孩子最好是不要再落單了。

「噢，對！」鄭宗霖連忙追上去，「周庭卉，等我一下啦！」

馮千靜直接叫郭岳洋閃人，她來拉夏玄允比較實際一點，「你不要都靠我拉喔，自己也要起來……沒那麼痛啦！忍一下啊！」

「厚，就眞的好痛啊！」夏玄允咕噥著，用手撐著浴缸底部。

「咳！」一直沒走的汪聿芃眉頭深鎖，她站在離浴室門口幾公分的距離，「上次警方不是就已經把水抽走了嗎!?」

——咦？——

這句話凍結了所有人，外牆的毛穎德倏地回頭往裡看，他左肩的痛楚並未有絲毫的減少，這代表他們絕對身處於都市傳說中；而與夏玄允扣住手的馮千靜完全不敢動彈，她瞪直雙眼看著錯愕的夏玄允、再看向他浸泡著的紅色液體。

身側的郭岳洋開始發抖，他打顫的唇逸出一聲「啊」，想起來了。

「那天浴缸裡的水……的確清空了。」郭岳洋上下唇打顫得厲害，「不是說要化驗裡面的成分，所以連、連假髮都一起……」

假髮。

夏玄允下意識緩緩的轉向在他左手邊漂浮著的黑色頭髮，仔細看，這液體不像是水，因爲比水的密度還要高一點，似乎還要再濃一點，而且……還有種味道。

極爲緩慢的，他開始抬起他的左手……

「夏玄允。」馮千靜沉著聲警告。

他的手在發顫，所以馮千靜握得他更緊，郭岳洋緊張的搖頭，不希望夏玄允把手舉起來，萬一——

左手些微離開了水面，指縫裡纏繞著的黑髮跟著被拉起，在門邊的毛穎德吃疼得快要站不住腳，看著黑色亂髮下，似乎有什麼東西跟著被帶上來了。

夏玄允突然仰頭看向馮千靜，他這會兒雙腳都不聽使喚的亂抖，眼眶裡轉著淚水。

有重量，他不敢呼吸、不敢瞧，只是持續把手舉高……舉……圓形的球狀物緩緩浮現，亂髮覆蓋，直到那挺直鼻子出現，汪聿芃繃著身子，緊掩著嘴。

「鬆手。」馮千靜咬緊牙關的說著。

「我……我……我鬆不開！」抖得厲害的夏玄允喊著，他不敢正視，但是頭髮已經重重纏住他的手指了。

郭岳洋回身，趕緊到角落裡拿起一個造景用的臉盆，戰戰兢兢的放到他左手邊的水面上，「如果……如果……」

「一股作氣。」馮千靜擰著眉，「不要拖拖拉拉！」

「小靜……」夏玄允已經知道他握著的是什麼了！

「一、二，」馮千靜深呼吸一口氣，一骨碌拉起他，「三！」

唰——一顆人頭纏著夏玄允的手指提起，他整個人被馮千靜拉起，左手立刻把沉重的物品往浮在水面的臉盆放去。

「天哪——」汪聿芃雙腳一軟，依著門板跪上了地，「是劉佳穎！」

夏玄允正拼命甩著手，把纏在指頭上的每根頭髮都給甩掉，直到頭顱擱上了臉盆。

「洋洋！」夏玄允歇斯底里的喊著，郭岳洋本要上前，卻被毛穎德制止。

「不要碰他，他全身都是證物！」毛穎德吃力的喊著，「那是血啊！」

一整缸的血水，說不定這是劉佳穎的啊！

馮千靜扣著夏玄允的手都僵掉了，她完全無法呼吸，好不容易郭岳洋接手將夏玄允往旁邊帶，他讓他坐在覆蓋的馬桶蓋上，冷靜……再冷靜。

馮千靜全身肌肉緊繃著，緩緩轉過身，她現在很想立刻往毛穎德身上貼去，但是他的樣子比她還糟。

「還沒完嗎？」

毛穎德咬唇都滲血了，更痛了啊！

「呀——」

尖叫聲從另一頭傳來，伴隨著一堆物品掉落的雜音。

「宋欣妏——」

毛穎德痛苦的闔上雙眼，在某個瞬間，感受到痛楚瞬間的抽離！

他往前踉蹌，馮千靜趕緊上前撐住了他。

「走了。」他無力的靠在她的肩頭，「血腥瑪麗剛剛離開。」

第八章 驚奇屋裡的驚奇

爲什麼鏡子裡還有另一個人!?那不是映照出來的，那像是鏡子後不是牆，像雙面鏡……像半透明的玻璃，而另外一邊有其他人的存在！

那個好可怕的女人！

女人沒有眼睛，凶狠的對著她笑，拿著刀子割開了她的臉……而她的臉在鏡子裡眞的就被切開了！不要！

宋欣妏不明白爲什麼那些大學生都沒看見，她不敢再站在那兒，轉身就跑，也不知道自己撞開了誰，她只知道她要出去！

雅慧她是這樣死的嗎？跟那個恐怖的女人一樣，沒有眼珠子也面目全非啊！

「這邊！」

一出來就聽見有人喊著，她跌跌撞撞的往左邊去，有人立刻拉住她，經過一個又一個的彎道，穿過一道又一道的假門。

伸手不見五指的漆黑一片，路上她不知道撞到了什麼、踩著了什麼，再痛也沒有恐懼令她在意，她眞的……眞的覺得那個可怕女人在割開鏡裡她的臉時，她的臉會痛啊！

「啊……呼……」嗚……停下腳步，她忍不住哭了起來，「好可怕……」

握著她的手鬆開，宋欣妏怔住幾秒，愣是抬頭，「這裡是出口嗎？」

她戰戰兢兢的伸直雙手，往前摸索著，應該要摸到一扇門之類……不，她記得鄭宗霖他們設計時是簾子，是……冰冷的硬物觸及指尖，她嚇得縮回手，趕緊往書包裡摸，她的手機，手機呢？

「喂，妳還在嗎？不要鬧我！」她嚷著，這才想到，根本不知道喊她的人是誰！

喚出手電筒，一秒就被閃亮的光芒閃得雙眼不適，這太亮了，LED反射鏡子時的強光根本加倍刺眼——咦？

宋欣妏遮著眼的手微顫，鏡子？

她眼尾緩緩瞟去，看見刺眼的燈以及自己……一扇立身鏡就在她面前，只有不到十公分的距離，手電筒的餘光已看到這是個死路、或是小房間，她來不及反應，只看到鏡子裡再度出現了另一張臉。

眼前的鏡子像是玻璃似的，她可以清楚的看見那沒有眼珠的女人，從鏡框走了進來，臉上的皮膚像魚鱗一樣一片片外翻，雙眼是個深黑但邊緣紅色的窟窿，手上拿著刀子，正對著她的臉劃上！

「啊！」刺痛傳來，宋欣妏嚇得撫上臉……指尖沾上了血珠，她不可思議的看著白皙手指上的鮮血，「不不！不可能……」

鏡子裡的女人笑了起來，那是猙獰又喜出望外的笑容，高舉起刀子，再度狠狠的要往鏡子裡的她刺下！

不要！宋欣妏不假思索的，扔出手上的手機，砸碎了鏡子。

鏘！

「走開！」她尖叫著，卻忘了她離鏡子實在太近。

碎片彈飛了出來，從她臉頰上劃去。

而不遠處的鄭宗霖止了步，「聽見了嗎？有東西破掉的聲音？」

「玻璃嗎？」周庭卉瞇起眼，「那聲音好像是鏡子打破的聲音！」

「鏡子嗎？」鄭宗霖立刻反應，「這裡很多鏡子啊，我們設計了一大堆！」

「不是在附近的，因聲音有點遠！」周庭卉轉了轉眼珠子，「應該是在假出口那邊！聲音從那邊來的，那裡有一個立身鏡有沒有！」

對！兩個高中生立刻朝左邊跑去，當初在這裡有設計殭屍追人，會故意把人往假出口逼去，立身鏡後的燈光會突然亮起，讓參觀者被自己的倒映嚇到，然後鏡子後面會再掉出什麼來嚇人。

慌亂的宋欣妏不熟悉場地，最有可能在那邊了！

而那擊破鏡子的宋欣妏卻沒有離開那兒，她被自己砸破的碎片扎到後，尖叫著向後踉蹌，摔上了滿地碎片，又割得到處是傷，血流一地，她眞的眞的不知道發生什麼事，早已經被恐懼侵蝕殆盡。

『眞是可惜……』

清楚的聲音，來自於地面，宋欣妏驚愕的看著自己手壓著的玻璃碎片裡，那裡每一片鏡子破片裡，都映著自己……以及那張駭人的臉龐！

她們重疊著，那驚悚的女人手裡握著的便是鏡子碎片，從她頰旁割了下去！

「哇啊——哇呀——」

慘叫聲清晰傳來，反而讓高中生們卻步，他們嚇得停在原地，彼此面面相覷，不知道該不該往前，那聲音聽起來好恐怖喔！

「開、開燈！」周庭卉緊握著拳說著，「這邊好暗！」

暗就會生懼，至少把燈點亮了他們會比較安心。

「哇啊！啊啊——走開啊！」宋欣妏的聲音持續傳來，鄭宗霖嚥了口口水，好可怕好淒厲，但就是太淒厲了，反而讓他們不敢再往前。

周庭卉直接哭了出來，「怎麼辦啦!?」

「就……還是要進去啊！」鄭宗霖自己比誰都抖，「那個她沒聲音了啦！」

鄭宗霖心跳得好快，甚至開始在喘氣，突然朝周庭卉伸出手，她點點頭立刻

搭上，這是一種在一起就不怕的概念！

鄭宗霖覺得自己是男生還是該走在前面，又是班長，所以來到假出口掀開簾子——

宋欣妏正握著鏡子破片，由左至右，切開了自己的喉嚨。豔紅鮮血高壓噴濺而出，恰巧灑了前來救援的同學一身。

然後就是高中生們高分貝的尖叫，響徹雲霄。

這大概是最難熬的一天了。

先是好不容易恢復健康到校上課的宋欣妏，是，又是王雅慧那票、僅存的同學之一，連教室都沒踏入，就在驚奇屋裡自殘；兩個人親眼看見她割開喉嚨，極爲緩速，用力的切割掉自己的氣管。

在此之前，就不提她刺瞎的雙眼跟滿臉的割痕了。

再來是血腥瑪麗浴缸裡的人頭，整缸早已被抽掉的水都是血水，裡面載浮載沉的只有人頭一顆，已經浮腫，眼珠照慣例被挖掉，不過她並沒有到面目全非的地步，臉上就是一些小傷口，所以輕易的認出就是前幾天失蹤的劉佳穎。

只有頭，切口令人髮指的殘忍，毫不平整，估計是用菜刀或是不甚銳利的刀剁下的，至少剁好幾刀才剁開，一樣是生前所為。

但是搜遍整間驚奇屋，只見頭不見屍身，這點相當令警方頭疼。最誇張的是，頭怎麼運進來的？這一缸血水又是怎麼挪過來的？這是學校，晚上都有警衛看守，之前那位李警衛已經被停職了，難道新警衛也有牽連，半夜能放人進來倒血水還放人頭，現場卻沒有一絲紊亂？

兩個高中生嚇得不輕，周庭卉完全進入語無倫次的狀態，連要問個筆錄都有困難，幸好鄭宗霖還勉強能說話，由他交代事情經過。

學校宣布即刻停課，江盈甄及韓佩茜等人被視為重度保護對象，由警方親自護送回家。

這事件，根本就是衝著王雅慧那一群朋友來的。

學生本來就會分一掛一掛，不管是學生或是社會上都一樣，合則來、不合則散，只是血腥瑪麗跟王雅慧那掛未免也結怨太深了，就算有人召喚也不至於要趕盡殺絕吧？

夏玄允身上的東西都必須上繳，他浸在劉佳穎的血水裡，想到這點他就會因反胃而打顫，換好衣服後還得到警局一趟，他不僅是命案發現者，全身上下還都是跡證。

「看不出來你也會怕啊？」馮千靜看他那慘白的臉色，眞心覺得意外。

「厚，我是喜歡都市傳說，不是喜歡看人被殺啊！」夏玄允一臉可憐的模樣，「我剛泡在別人的血水裡，手上還纏著一顆頭耶！」

「嗯，裂嘴女都沒嚇到你不是？」毛穎德跟著調侃，「剛剛你已經跟都市傳說近距離接觸了。」

「我不喜歡這種的啦！」夏玄允抱怨著，「我泡在別人的……厚！」

「好了啦！別鬧他了。」郭岳洋是整個憂心忡忡，「你們沒注意到……我也沒留意到，剛剛宋欣妏在這裡時就不對勁了，她瞪著鏡子，我以爲她是在看什麼……」

「看什麼？」馮千靜問著，她其實知道答案。

「不知道，但是她突然摸自己的臉，是那種瘋狂的摸，一直說不要碰我……」郭岳洋聳肩，「然後我們就被撞開了。」

毛穎德瞥著坐在角落的學生們，瞧他們泛白的臉色，讓他們看到那種場面，只怕要做惡夢好一陣子了。

「撞開大家，她從我面前經過時我也沒抓住她。」毛穎德不是來不及反應，而是那時左肩宛如蝕骨的痛，他根本無法分出心力去抓住一個莫名其妙、歇斯底里的高中女生。

當然，馮千靜不一樣，他一定得抓住她。

「她為什麼從出口出去啊？」郭岳洋百思不解，「那邊她沒去過啊！」

眞的不合常理，一般人再恐懼也會走來時路吧！況且剛剛宋欣妏衝出去時，那地帶還是漆黑一片！

「這就不知道了，她根本已經慌了。」毛穎德皺著眉，他的臉色看上去沒比其他人好到哪裡去。

細心的郭岳洋也留意到了，「毛穎德你身體不舒服嗎？你看起來很疲憊。」

原本才想敷衍過去，誰知馮千靜直接回頭，「對，他不舒服，我們想回去了。」

有沒有這麼直接啊！毛穎德看著眼前的馮千靜，要不是現在夏天不舒服，他可能就開始劈里啪啦的追問了。

畢竟他一向身體好，若是提到身體不適，便是反常。

所以郭岳洋果然帶著懷疑的眼神看著他，不過就臉色來說毛穎德看上去眞的比周庭卉還糟，他想著是不是最近溫差大所以生病了，但剛剛抵達這兒前，毛穎德感覺一切正常啊！

再想深一層，毛穎德從頭到尾都在外面，而且依照他的反應力沒抓住宋欣妏，眞的不太對勁。

「你們先回去吧，洋洋會陪我沒關係。」夏玄允體貼說著，連他都看得出毛穎德的狀況不佳。

「晚點吃火鍋。」馮千靜扔下這麼一句，就是等夏玄允做完筆錄後，大家去吃頓好的壓壓驚。

夏玄允的微笑很勉強，他現在只想洗澡，把這一身她人的血腥洗淨。

章警官讓人帶他們離開，不過毛穎德卻突然表示想從出口離去，因爲他想去瞧一下宋欣妏的陳屍之處。

那是他們沒到過的地方，他們不知道驚奇屋當初的設計，竟還心機的設置一個假出口，專門用來嚇人；現在可眞是百分之百的怵目驚心了，滿地的鮮血、破碎的鏡子，活活割開自己的喉嚨，究竟需要多大的勇氣？

或是多邪惡的東西？

「血腥瑪麗會找上她們不可能是隨機的。」毛穎德看那被血淹滿的鏡子破片，「只是我們還找不到。」

「會停手嗎？」馮千靜思考的是這個，因爲今天是劉佳穎的頭，明天呢？何嘉瑄她們都還沒找到，更別說還有五個人在外面活蹦亂跳。

「連夏天他們這麼熟悉都市傳說的都不知道了，血腥瑪麗應該是有任務的，她被召喚出來，開始虐殺這些女生……」毛穎德旋身，「唯一的男性是趙伯，他反而讓我覺得像被滅口，因爲他看見了召喚血腥瑪麗的人——那個人，鐵定不是王雅慧。」

「可是王雅慧始終來了學校。」馮千靜攙著他，他走起來眞的有些許吃力，「被叫來的嗎？還是……」

「她們的手機都不見了，被發現時都只有孑然一身，劉佳穎還只有一顆頭——」毛穎德突然一口氣上不來，隱約的刺痛從左肩放大，「可惡！」

咦？馮千靜使勁攙住他全身欲倒下的力量，爲什麼又痛了？難道血腥瑪麗在附近……她謹愼的環顧四周，全身都呈現警備狀態，這裡不是浴室也沒有鏡子，地上還有王雅慧屍體的粉筆圖案，不可……能……

馮千靜遲疑幾秒，決定抬起頭，看向上面那原本掛滿屍體、但是後來被警方收走的架子上。

照理說現在該是空著的，但現在有一具沒有頭的女孩屍身，正掛在上頭，頸部斷口向下，卻自始至終沒有滴下一滴血。

因爲她的血，都已經流乾在那浴缸裡了。

「警察先生，」馮千靜指向上面，「要不要誰去把她放下來？」

毛穎德皺起眉跟著抬頭，可惡！他的痛就來自於那個被都市傳說解決掉的屍體嗎？他沒來由的開始不爽，轉身主動走到旁邊門內的機關，放下了那架子。

警方開始鼓譟，用無線電報告著找到疑似劉佳穎的屍體，很快的屍體放下，鄭宗霖等人因爲未成年，被警方要求待在原本的地方，不讓他們瞧見屍體的慘狀。

一顆人頭已經不得了了，他們還親眼見到同學割喉，這一切對高中生而言太沉重。

「進來放血水、放人頭、掛屍體，這不可能沒人看見，警衛呢？」章警官嚴肅異常。

「已經去請了，校外監視器也正在調閱。」

監視器沒有用的，如果有用的話，之前的一切都該會被拍下來，包括撞到趙伯的女孩，她衝出學校時至少要有跡象吧。

遺體放在擔架上，那斷口處都可瞧見多次剁頭的痕跡，這個痕跡比泡過水的頭還要清楚，更好提供驗屍與採證。

屍身一絲不掛，放上白布時，所有人莫不倒抽了一口氣。

少女該是細嫩的胴體上，滿佈著圓形孔洞，每一個直徑至少有兩公分，雖不至於密密麻麻，但也是全身上下都是。

法醫合力將她的屍體翻過來，背部的孔洞卻有五公分寬，又是圓錐刺，較之於曾之鳳不同，曾之鳳是有個特大的圓錐體由後刺穿，而劉佳穎卻是每間隔三公分就有尖刺，滿佈全身……全身……

「啊！」郭岳洋突然大叫一聲。

毛穎德凝著眉，緊握著馮千靜的手肘，他們察覺到什麼了!?

「我們回學校！快點！」郭岳洋直接往出口衝，「夏天，我們弄好再來找你厚！」

「什麼？喂，我也要去！」夏玄允急起直追，卻立刻被攔下，「爲什麼？我要回去！」

「你還不能走。」警察沒好氣的看著他，「同學，你還要做完整的筆錄喔！」

夏玄允難受的看著自己全身上下，可憐兮兮的望向毛穎德。

「弄好再來找你。」毛穎德劃上微笑，只能跟他揮手說再見。

馮千靜聳了聳肩，唉呀，這對夏玄允可眞是莫大的折磨啊，明明想到了什麼，卻完～全不能著手的無力感，她懂她懂。

就跟她完全不想遇到都市傳說，但是卻還一天到晚碰到都市傳說一樣的無力！

只是看到那個屍體，她實在很不想承認那是都市傳說！

「血腥瑪麗會這麼費力的折磨一個人嗎？」她離開驚奇屋時忿忿不平，「那就是人幹的！」

「是啊，但我的肩膀告訴我，它終究是都市傳說。」毛穎德瞇起眼。

「跟裂嘴女一樣，活生生的在外面跑嗎？」馮千靜深吸了一口氣，「還能製造這麼多東西來虐殺……」

她邊說，邊緩下了腳步，等等……製作道具來殺人？劉佳穎那全身小洞的屍身，突然讓她心頭一涼。

不會吧……

「想到了嗎？」毛穎德微微一笑，「貨眞價實的，血腥瑪麗。」

第九章 Which One?

郭岳洋比他們更早回到「都市傳說社」，站在白板前一動也不動，這白板跟家裡那塊差不多，只是這上頭是林詩倪對血腥瑪麗的統整，分門別類寫得一清二楚，一如郭岳洋在家裡寫的那塊。

割臉刺眼都是基本，只是沒有人知道，是受害者自己割爛自己的臉、挖出自己的眼珠。

至少趙伯跟宋欣妏是這樣，其他人就不得而知了……如果還找得到其他人。

至於劉佳穎的屍體，讓郭岳洋拿著紅筆，在白板的中間圈了好大一個圈。

第二個關於血腥瑪麗的傳說，那個野史般的歷史，如同瑪麗皇后般淹沒在歷史洪流中，他們完全不去在意的傳說。

十六世紀的伊莉莎白．巴托利（Elizabeth Bathory），歷史上有名的「嗜血女伯爵」，相信以處女的血沐浴可保青春。

一開始是割斷某個女僕的喉嚨，在她的血中沐浴，她發現衰去的皮膚變得光滑緊致，青春重現，從此以後，她就開始收集年輕的處女們，用她們的血保持年輕美貌。

鐵處女幾乎人人都耳熟能詳，傷口就如同今天發現的劉佳穎，身上全都是小孔洞，沒有致命傷，鐵處女刑具的用意本就是讓她的血慢慢的流出，直到流乾爲止。

還有另一種，吊在天花板上的鐵刺球。

鐵刺球則是巨大且空心，整個鐵壁也是有朝向球心的尖刺，但中心有足夠的空間放一個人，把少女關進去高高吊起，使勁推動那鐵球，鐵球便會開始劇烈的如鐘擺擺動。

而關在裡面的可憐少女，就會隨著鐵球的來回擺盪，在鐵球裡來回撞擊上滿佈的尖刺，直到身體全然撕裂爲止……

這些過程是緩慢的，女伯爵便會站在鐵球下，享受雨點般的血從天而降，就像蓮蓬頭般，宛如淋浴，溫熱迷人。

不管是王雅慧、曾之鳳或是劉佳穎的屍體，都跟這些刑具有關聯。

「她不但沐浴，也會喝女孩的血，活活咬下她身體的肉，稱爲內洗。」郭岳洋唸著網路上的資料，「王雅慧的胸口有野獸撕咬的痕跡……不是野獸。」

「也差不多同等於野獸了。」毛穎德也站在白板前，冒著冷汗，「在浴室裡召喚出來的血腥瑪麗，結果卻是這位嗜血女伯爵？這正常嗎？」

「天曉得，一般的血腥瑪麗沒到這個等級啊！」連郭岳洋都覺得可怕，「但她眞的是血腥瑪麗之一啊！」

「說眞的，這三種版本比起來，原版的血腥瑪麗還是算不可怕的那個！」馮千靜一邊搖著頭，「原本的最多就是在鏡子裡嘶吼一陣，解決掉召喚者就算了！她不會跑出來開始找少女的鮮血洗澡！如果是女王的話就更可怕，不是天主教徒就通殺！」

說實在的，如果都是都市傳說，他們寧願出來的是原版的血腥瑪麗！

「現在看起來就不是原版的了，看看那些屍體的狀況……」郭岳洋看著他的本子搖頭，「這太扯了，鐵處女哪裡來的？鐵刺球呢？還有曾之鳳肚子那個洞，也是慢速流血的一種刑具之一……」

「血腥瑪麗被召喚出來時，可以帶行李嗎？」馮千靜問得很認眞，但郭岳洋卻不得不說他有點想笑。

如果是行李，那行李還眞沉重……

「我不太清楚血腥瑪麗可以離開那面鏡子嗎……」郭岳洋忍著笑意，「至於行李的話……欸，如果她是都市傳說，她的東西會跟著因應而生吧。

就跟裂嘴女一樣，她不會在巷子裡出現時，先去文具店買把剪刀啊！」

「說得也是，試衣間都可以整棟蓋好了，帶一兩樣行李倒也不算什麼。」毛穎德嘆了口氣，「都市傳說出現之際，什麼東西都是萬事具備了。」

「乾脆說要有那些東西才叫都市傳說好了！」馮千靜嘖了好大一聲，滿滿的不爽。

郭岳洋抬起頭，愣愣的看著在喝茶又不爽的馮千靜，是啊，都市傳說不是一個人、一個血腥瑪麗，是所有都市傳說的元素在一起才能叫都市傳說。

所以，召喚血腥瑪麗時，是召喚整體物品的！

「傳說中，她把領地所有城鎮中少女都抓走，所以目前都是高中女生……」郭岳洋逐字唸著，「女伯爵的處刑室裡有多名少女慘叫著，她們或被吊著，或是生命垂危的在鐵處女裡……」

多名少女，馮千靜深吸了一口氣，何嘉瑄跟王美怡她們只怕凶多吉少，這就是她們一起被搜集的原因。

「接下來只會越來越多，我記得那個女伯爵有生之年殺了數以百計的少女。」毛穎德看著白板上的數字：650。

「第一個是王雅慧，所以接著都跟她朋友相關，一個牽連一個……」郭岳洋在筆記上寫著，「當剩下的人結束後，再換下一批……」

「我可以認爲汪聿芃她們是下一批嗎？」馮千靜放下杯子，直接起身，「得快點找到血腥瑪麗。」

毛穎德沉重的喝了口熱茶，「然後呢？」

然後？她回身聳肩，「問郭岳洋。」

呃，郭岳洋措手不及，圓睜雙眼指著自己，「問我喔？我……我看看，當初女伯爵是被判刑，關在屋子裡餓死或病死的，我們不能這樣消極吧！」

而且最好都市傳說能被關啦。

馮千靜進入房間，門關得還挺大聲的，毛穎德趁機檢查手機，夏玄允到現在沒什麼消息，看來還在製作筆錄。

「另一個說法不是說城堡發生大火，所以燒死了這位歐洲最美的女人？」毛穎德淡淡的說著，引起郭岳洋的注意。

「又要燒房子喔？」他有些不安。

「不然呢？我想不到更好的方法，這不是我長才。」他瞅著郭岳洋，是因爲覺得他有話沒說，「你知道怎麼做對吧？」

郭岳洋緊抿著唇，卻搖了搖頭。

其實他哪知道怎麼做，血腥瑪麗是相當凶狠的都市傳說，就算不是這幾具放血的屍體，光原始版本的剜眼就夠駭人聽聞了，誰曉得能怎麼做？

「但是，我覺得有一個人可能知道怎麼做。」郭岳洋有些遲疑，「或是說即使他不知道，但是他可能有辦法辦到。」

角落的房門拉開，馮千靜竟然穿著一身黑色緊身運動服出來，這完全是戰鬥模式，「誰？」

郭岳洋向左後方望去，一臉錯愕，「妳這是要去哪？」

「準備著而已，先熱身。」她一副漫不經心，「反正我相信你很快可以找出端倪的。」

接著他們就得快點去找到這位都市傳說，請她回她的世界去。

「誰啦？」毛穎德沒忘記郭岳洋剛剛的人選。

郭岳洋正首，不安的轉著眼珠子，朝毛穎德使著眼色，這答案他們明明都知道啊！

「夏天……」毛穎德說出口後，卻伴隨重重的嘆息。

「對啊，上次遇到『消失的房間』時，夏天能把消失的人帶回來，記得嗎？」郭岳洋有些緊繃，「那次之後我們都知道，他是個關鍵。」

當人進入消失的房間後，連人帶房間整間消失無蹤，照理說根本沒有回來的可能性，但是郭岳洋後來卻發現，由夏玄允開過的門，消失不見的房間便會再回到原處，包括裡面的人。

毛穎德也是受惠者之一，所以他正眉頭深鎖，思考著這個可能性。

「這件事我眞不想提，上一次夏天簡直是在控制著都市傳說，居然能把房間帶走的人硬帶回來。」毛穎德深呼吸著，「這並不是好事你知道嗎？」

郭岳洋沉重的點點頭，「我知道……夏天好像變得有什麼力量一樣，如果誰都能把房間拉回來，那阿德烈就不必苦等這麼多年了！」

「何必在乎什麼力量！就算冥冥之中他搞定什麼也好，總之人是帶回來了。」馮千靜凝視著毛穎德，「不然我絕對跟他沒完沒了。」

「馮千靜。」毛穎德有些無奈的看著。

「我們也不說暗話，我覺得就是那個聖誕樹吊飾吧！」她正在熱身，腳高舉貼著牆，「聖誕老人留給夏天的禮物，讓他能跟都市傳說有奇怪的關聯——」

她頓了幾秒，眼尾偷瞄著毛穎德——他也是。

肩上的傷是聖誕老人的斧頭割的，皮肉傷痊癒後，卻讓他一旦遇到都市傳說就會劇痛，都市傳說越近疼得越發厲害。

「眞的嗎？」郭岳洋一臉吃驚，「你們也是這麼想？」

郭岳洋不知道毛穎德肩膀的事，這當然不可能讓他們知道……因爲說了他會被拖著到處去試驗哪邊有都市傳說，那會有多慘！

但正因爲毛穎德自己知道這肩傷是聖誕老人給的，所以他才會更加確信那個聖誕樹吊飾是關鍵，畢竟……那也是聖誕老人給夏玄允的禮物啊。

從隙間女時就有跡象，爲什麼沒人懂被壓扁的女人在說什麼，唯有夏天聽得出來！也只有他能察覺人不知道的細微末節！到了消失的房間就更明顯了，他能把被房間拖走的人帶回，這簡直逆天了！

「他或許不知道怎麼做，但他說不定隨意做都會對。」馮千靜放下腳，「我認眞覺得不如讓他召喚血腥瑪麗看看吧！」

「不行！」郭岳洋跟毛穎德可是異口同聲，激動異常。

反而馮千靜一臉理所當然，「喂，這是跟血腥瑪麗最容易見面的機會啊！」

「我的天哪！妳也得夏天病了妳知道嗎？」毛穎德只覺得頭疼，「在不能確定危險性之前，隨便召喚必死的都市傳說幹嘛啊！」

「那位血腥瑪麗是喜歡年輕少女好嗎？」馮千靜扭扭手，「像我說不定都過保鮮期了。」

少女啊，她都大學生了，太老了。

「不能冒險啦！」郭岳洋深表同意，「趙伯的下場我們都知……」

手機響起，夏玄允打來了。

「火鍋喔！喔對！」郭岳洋指指手機，馮千靜直接皺眉，她忘記這件事了，「你不回來先洗澡換衣服嗎？啊？在那邊洗了喔！」

這麼好？一定是章叔給了方便。

這邊才在盧說晚上一定要吃火鍋，還要吃豬腳麵線去霉運，另一頭換毛穎德的手機響起了。

他起身離郭岳洋遠一點，避免相互干擾。

「林淮喆。」他跟馮千靜說著，她正在下腰，「喂，我是毛穎德。」

『何嘉瑄有消息了。』林淮喆劈頭就是這驚爲天人的消息，『她逃出來，現在躲在周庭卉家。』

「什——麼？」毛穎德簡直不敢相信，「先報警啊！還躲什麼！？」

『她們說不能報，報警了王美怡就死定了。』林淮喆相當嚴肅，『我們人不在市內，趕回去要兩小時後，你們先去幫我們看看好不好？』

「什麼跟什麼……啊好！」毛穎德一邊掛上電話，一邊回頭，「叫夏玄允回來，找到何嘉瑄了！」

「咦？」馮千靜一秒起身，「找到人了！？」

「說是逃回來的，現在躲在周庭卉……誰有周庭卉電話啊？」

大家一臉錯愕，沒有人有她的電話啦！

「我有鄭宗霖的！找他總可以吧！」郭岳洋立刻跟夏玄允說再見，「先掛了喔，你立刻回來。」

「不要跟鄭宗霖說太多。」馮千靜突然出聲制止，「既然說不能報警，那就暫時越少人知道越好。」

郭岳洋頷首表同意，立刻撥給鄭宗霖，但是沒有回應，等待不及之下，只好轉撥打給汪聿芃。

電話那頭的女孩沉默好幾秒，慢了好幾拍終於開口，『我們可以先報警吧。』

「說會影響到王美怡，我們等見到何嘉瑄再說——妳現在有跟周庭卉在一起嗎？」

『筆錄做完我們就分開了。』汪聿芃話說得很緩慢，『爲什麼……何嘉瑄會去找周庭卉？』

「這個我們等見面再說。」不要無限迴圈啊！

『她們關係不好啊！』汪聿芃理所當然的說著，『快逼近仇人耶！』

「這個我們等見面再說。」郭岳洋再重複了一次，「可以給我周庭卉的電話嗎？或是地址之類？」

『……』又是一陣沉默，『我再跟周庭卉說，讓她跟你聯絡。』

郭岳洋翻了白眼，這個汪聿芃是怎麼了啦？要不是鄭宗霖找不到，還真不至於跟她聯繫。

「好，麻煩快點，我們等等就動身過去。」

『嗯，我覺得……我好像忘記一件事了。』汪聿芃沒頭沒腦的說著，『我等等去找人問清楚，把答案解出來後我再去找你們。』

「我……」郭岳洋還想說什麼，電話喀的一聲掛掉了。

他望著手機，呆呆的頓了好幾秒，餐桌上伏著兩個好奇的人，想知道汪聿芃到底說了什麼。

「好怪的女生喔！」郭岳洋忍不住抱怨，「她邏輯思考太詭異了！」

「汪聿芃喔？不意外。」毛穎德催促著，「所以呢？」

「她不給我周庭卉的資料，說讓周庭卉自己跟我聯絡。」郭岳洋沒好氣扁嘴，「還說她有一題題目解不開，等寫出來後再過來找我……誰要她過來啊，天哪！我也沒很想知道她在寫什麼作業啊！」

「她一直都這樣啊！」馮千靜也不意外，「你連說了兩次見面再說耶！」

「她說周庭卉跟何嘉瑄非常不好，不明白爲什麼何嘉瑄會去找她……」郭岳洋無法想太多，「這些事我也不知道，總之我們現在就是要先去找何嘉瑄吧！」

毛穎德閃過了一個很糟糕的想法，「那個……血腥瑪麗會附身嗎？」

「咦？」已經起身在收拾的郭岳洋看著他，「不、不會吧？她又不是鬼，那是都市傳說！」

「但是你們說過，血腥瑪麗疑似邪靈。」毛穎德指節敲著桌面，「如果是邪靈的話……」

郭岳洋整理資料的手略停，說實在話，他們對都市傳說誰也不能保證百分之百的瞭解。

「我還眞沒辦法給你答案。」郭岳洋抱起本子往房間去，「我去換件衣服，等夏天回來！」

馮千靜正在做一字馬，她看著郭岳洋緊繃的背影，每次遇到不熟的都市傳說他們就會這樣。

尤其，這個又是殘忍的都市傳說。

「你要去嗎？」她面向郭岳洋房間，回頭看著坐在餐桌上的毛穎德，「眞碰上血腥瑪麗，我沒辦法照顧你喔。」馮千靜很認眞的說著，因爲如果眞正遇上都市傳說，毛穎德的左手等於廢掉。

不，整個人就廢掉了。

「我不去不放心，這隻手的事我遲早要想辦法解決。」他倒是很從容，「妳不需要照顧我，做妳的事就好。」

「哼。」馮千靜冷笑著，「去他的我連要做什麼都不知道。」

「活著的人拉出來，死掉的至少找到屍體吧！」毛穎德總覺得不見的女生凶多吉少，「才高中生，我不敢想像她們死得多痛苦。」

「拜託，那些道具會死得多輕鬆！」馮千靜收操起身，「如果這個伯爵夫人眞的是歷史上眞有其人，那眞的是個很強的變態殺人魔。」

而這樣的人，居然眞的成爲都市傳說，被召喚出來了。

於是，馮千靜回到房裡準備，她拿出了格鬥競技時用的短棍，那是霓彩棍，她武器競技時的使用物品。

她覺得還是帶著好了，以防萬一。

郭岳洋一出房門就雙眼閃閃發光的看著她，瞧瞧那婀娜的身材、健美的體態，一身勁裝加上霓彩棍，噢噢噢，這果然是他的偶像：小靜啊！

「我快被你眼裡的光射死啦！」馮千靜沒好氣的唸著，「郭岳洋，血腥瑪麗很殘忍，這跟平常都市傳說不一樣，你專心點好不好！」

「我現在看見妳就覺得什麼都不怕！」他瞇起眼，漾開雙酒窩。

「眞是謝謝你喔！」馮千靜不得不把話說在前面，「郭岳洋，我無法同時照顧這麼多人喔！」

都當室友這麼久了，她不會不知道郭岳洋跟夏玄允的肉咖程度，他們就是兩個對都市傳說有狂熱的天眞可愛少年，什麼健身什麼鍛練都沒有，所以每次遇到危險的事，都是她出馬解救。

唯一最有用的是毛穎德，之前一直不吭聲的低調傢伙，明明是運動健將卻從不表現，但是很多時刻都是靠他的幫忙才化險爲夷。

不過聖誕節後，一旦遇到都市傳說，他就成廢人了。

馮千靜沉吟著，她得仔細想清楚，如果等等眞的陷入危險當中時，她該怎麼選擇？

郭岳洋苦等不到周庭卉的電話，甚至不明白汪聿芃究竟有沒有轉達，偏偏再打給汪聿芃她卻沒接，只好再打給鄭宗霖。

所幸這次鄭宗霖接到了，只是他劈頭就說，他們移動到江盈甄家了！結果鄭宗霖不但知道，還是他通知林淮喆的！

「是哪個天才想到去江盈甄家的？」毛穎德覺得頭疼，「江盈甄比誰都該閃吧！」

「如果他們眞的去敲門，她不可能不開啊！」夏玄允也覺得很糟，「尤其何嘉瑄是她朋友！」

「只有我覺得何嘉瑄的逃生很詭異嗎？」馮千靜提出異議，在腳踏車上的她依然意氣風發，「我們眞的不報警？」

「現在還不能啦，不是說有風險！」郭岳洋已經剖析過了，「她既然說王美怡她們有危險，就不能冒險！」

「要我說，這簡直像陷阱，她大可以跑去警察局報案，一口氣去把其他女生救出來！」

「前提是她要眞的知道在哪裡啊！」夏玄允想得倒是周全，「記得服飾店嗎？那間試衣間不是永遠都在的啊！」

都市傳說，總是出現得突然，消失得更突然啊！

到了江盈甄家的大路口，卻赫然發現鄭宗霖跟韓佩茜已經等在那裡了，「你們來做什麼？」

毛穎德劈頭第一句就是這個，尤其是韓佩茜！怎麼有危險的都跑來了！

「不放心啊！不是說嘉瑄回來了！」韓佩茜的確很緊張。

「鄭宗霖，你是跟多少人宣傳啊？」毛穎德皺起眉，「不是說這種事越少人知道越好嗎？」

「我……沒有啊！只有重要的人啊！」鄭宗霖向旁邊瞥了韓佩茜一眼，「我可沒跟她說！」

「我是聽周庭卉說的！放心，我還沒跟淑文她們其他人說。」韓佩茜看起來跟何嘉瑄較好，「王美怡呢？也回來了嗎？」

「好像沒有。」夏玄允嘆口氣，「你們回去啦，別跟著進來攪和。」

兩個高中生緊擰著眉，握著腳踏車的手都在發抖，但是眼神卻異常堅定。

「算了，會怕他們就不會來了。」馮千靜看得出那眼神，「走了，我想快點看看到底發生了什麼事！」

江盈甄的家還得再從大路轉小巷進去，畢竟佔地較大，不在擁擠的公寓區塊，而是在較寬廣的地區。

鄭宗霖邊騎還能邊打電話，咕噥著汪聿芃怎麼還沒到。

「喂喂喂！妳在哪裡？我們都到了！」鄭宗霖直接按擴音，他的手機是繫在龍頭上的。

『啊……你們在哪裡？我就還有事還不能過去。』電話那頭傳來平穩的聲音，『有個問題我還沒解出來，解出來我就過去！』

「解……」鄭宗霖瞪圓雙眼，他好想問現在還解什麼作業啦！

只是話還沒說完，汪聿芃直接掛了他電話。

「她眞的很怪。」韓佩茜下了註解。

軋——才看見江盈甄的家，緊急煞車的聲音就傳來，馮千靜眼明手快的立刻叩住右手邊的腳踏車龍頭，毛穎德差點就倒下去了！

「毛毛！」後頭的夏玄允嚇了一跳，「怎麼了！」

只見毛穎德左手緊握龍頭發抖，右手已經無法再握住把手，而是掐著自己的左肩了。

這種痛……是錐心刺骨的痛楚，劇痛直襲腦門，彷彿有人活生生在砍他的左手一樣！

「毛穎德……」馮千靜穩住他的腳踏車，這模樣很不對勁啊！

「爲什麼突然這樣，摔到了嗎？」夏玄允還不明所以，跳下腳踏車上前想扶

他。

「不必，我牽著他走。」馮千靜回首撂著話，「你們先騎過去看情況……韓佩茜，妳不要太靠近。」

郭岳洋看著毛穎德死白的臉色，下意識的看向遠處的屋子，忍不住也打了個寒顫。

那個聖誕夜後，他知道起變化的不只是夏天，連毛穎德都是。

他觀察過了，每次接近都市傳說時，他都會突然間的身子不適，手部劇痛，然後會痛到一種發冷汗的地步；他當然知道毛穎德當時爲了破解聖誕老人打算從他身上取物的規律，他疑似作弊般的拿自己肩頭往斧頭上劃，但那只是皮肉傷，他們都陪著毛穎德一起去醫院的！

事隔這麼久了，不可能會痛成那個樣子，他沒有說，是因爲毛穎德跟馮千靜看起來很想隱瞞這件事。

不過換言之……江盈甄家出事了。

「夏天，我們先過去。」郭岳洋當機立斷，「你們都在這裡等！」

「嗯？」鄭宗霖不解，「我也去啦！」

「在這裡等。」郭岳洋又厲聲說了一次，他眞的很難得口吻這麼重。

夏玄允感受到郭岳洋的嚴肅，不再多話，跳上腳踏車後跟著他直接騎向江盈甄家裡。

這邊的馮千靜將腳踏車扶正，上頭的毛穎德是痛到走下來都有問題，只能僵在腳踏車上發抖。

「學長怎麼了？」韓佩茜看了很憂心，「他全頭都冒冷汗耶！」

「嗯。」馮千靜隨口應一應，手搭在他肩上，「你要下來我載你，還是要繼續騎？」

毛穎德痛苦的悄悄揚睫瞅她一眼，咬得牙都快斷了。

「我想我得克服這件事。」他放下右手，重心置回龍頭上。

說眞的，右手按壓左肩並不會減輕任何痛苦，這只是一種心安的動作罷了，他能忍，不能忍也得忍。

否則一旦遇到危險，他不能拖累任何人。

「告訴夏天，那屋子有問題。」

「嗯哼。」馮千靜幫他立穩腳踏車，「不要在這裡陣亡啊！」

她扔給鄭宗霖一個眼神，叫他們看著，加快速度的騎了過去，這裡距離江盈甄家不過幾十公尺距離，而夏玄允已經在那兒試著按門鈴。

「喂，小心一點。」她邊騎腳踏車一邊跳下來，「裡面可能有問題。」

郭岳洋回首，「大概知道。」

夏玄允按了兩輪電鈴，裡面完全沒有回應，不過看得到微弱的燈光亮著，雖不是靠窗的地方，但應該是有人在的。

「誰？」終於，裡面遠遠的傳來了回應，但是帶著不確定，「誰啊？」

「呃……我們是江盈甄的學長姐。」不是S大的也可以吧，夏玄允隨便說了一下，「我們想問一下江盈甄在嗎？」

屋子裡沉默著，屋外也靜默，馮千靜留意到由後而來的毛穎德等人，她向後伸直手臂，要他們暫且停下。

「找江盈甄？」女人的聲音夏玄允認得，是她媽媽，「你們打她手機了嗎？」

打手機？夏玄允跟郭岳洋面面相覷，誰會有她手機啊！

「請問她在家嗎？」鄭宗霖主動往前跑了過去，「我是她同學，我們有急事要找她，所以還沒撥手機！」

腳步聲總算傳來，聽見裡頭的門鎖一關接著一關打開，門縫終於露出半張臉，狀似不安的往外瞅著。

「啊！是你們！」女人打開門，「我想說這麼晚了，爲什麼會有人要來找盈甄！」

「嗨！」夏玄允堆滿微笑，「那她在嗎？還有周庭卉或是何嘉瑄也在嗎？」

美豔的女人狐疑的望著他們，「何嘉瑄……不是失蹤了嗎？」

咦？這個問題讓所有人不免錯愕——周庭卉跟何嘉瑄不是到江盈甄家來了嗎？爲什麼江媽媽還問這種問題？

「我們聽說她們來了。」夏玄允親切的回著。

「誰？誰來了？」女人一臉不解，「周庭卉說有急事，拉著盈甄去找……那個誰……戴著眼鏡，總是不多話的女生！」

戴著眼鏡，看起來悶悶不多話的……「汪聿芃？」

「啊對！是這個名字。」女人用力點著頭，「汪聿芃！」

第十章 許願

毛穎德緊鎖著眉頭，繃緊每條神經坐在餐桌上，馮千靜就坐在他身邊留意著他濕透的衣服，他很痛、非常痛，握緊著的飽拳都浮現青筋，他正用盡全力在忍耐。

郭岳洋跟夏玄允正在低語討論汪聿芃的事，一旁的鄭宗霖低吼著：「汪聿芃才不是有問題的人！」

後頭的廚房傳來江媽媽在留言的聲音，江盈甄似乎沒接電話。

「汪聿芃只是迴路慢了點，她不會是召喚血腥瑪麗的人！」鄭宗霖氣急敗壞說著，「你們不知道她有多仔細多理智，你連跟她講鬼故事，她都會問一堆爲什麼！」

「我跟她不熟……但是她、她想幹嘛？」韓佩茜覺得不可思議，「雅慧或是嘉瑄她們跟她沒有交集啊，這次校慶前我都不太認識這個人！」

「不會是她！」鄭宗霖鄭重對著夏玄允說，「學長，我跟汪聿芃一起規劃這個校慶，她是個很聰明理智的女生，她連我們在做道具時，都會覺得怎麼會有這麼殘忍的事!!」

「那可以裝。」馮千靜懶洋洋的回著。

「不會的！」鄭宗霖好生激動。

「你不要這麼緊張，現在也是猜測，總是要找到她再說。」夏玄允趕緊安撫，「但無論如何，洋洋是透過她找周庭卉，但周庭卉完全沒有回應。」

不由得會想，汪聿芃到底有沒有通知周庭卉？

「一開始明明說到周庭卉家，結果她們又跑來這裡，但我們到了這邊，就變三個女生一塊兒去汪聿芃家了。」郭岳洋怎麼想都不對勁，「你懂嗎？鄭宗霖，所有人都集中到汪聿芃那邊去了。」

「這就是她不來的原因嗎？」韓佩茜關鍵一刀。

「有問題要解決啊……」馮千靜回想著她的答案，「問題不是指作業，是指江盈甄她們嗎？」

「先別亂猜吧！」毛穎德搖搖頭，不管誰到誰那兒去，這棟屋子就是有問題！

杯盤聲傳來，美麗焦急的江媽媽推著手推餐車而出，有些慌亂，「先喝點茶，我剛傳LINE，盈甄都沒回我，打電話也不接，我只好留言了！她應該會很快回我的！」

她很緊張慌亂，杯盤都在打架，韓佩茜還上前去幫忙。

說實在的，大家也沒心情喝茶，鄭宗霖顧著打電話給周庭卉，偏偏一直有通沒人接。

「有汪聿芃家裡的電話嗎？」郭岳洋問著。

「沒有啊，現在有手機誰會記家裡電話！」鄭宗霖搖頭，「怎麼打都不接啊！」

「盈甄……」江媽媽把最後一杯茶放到毛穎德面前，「會不會出事了？」

呃……郭岳洋趕緊抬頭，「不會……不會，您不要亂想！她們不是結伴嗎！」

「她們有說爲什麼去汪聿芃家嗎？」馮千靜直接問。

「沒有，說有很重要的事情非去不可，我一向不太管她的。」母親絞著雙手，「我想著她們結伴就還好，大家也都住不遠……但是我不常聽過汪聿芃這個名字，很少聽……」

「因爲不同班。」鄭宗霖幫忙解釋，「江盈甄她們都是六班的，我們是五班跟七班。」

「哎……我再去打！」她笑容擠得勉強，「先喝點茶吧，鎮靜用的……我看我自己都需要一杯了。」

「您不要太緊張啦，說不定什麼事都沒有啊！」夏玄允也幫忙勸慰，但只見她眉頭深鎖的握著手機又走了進去。

「都打不通怎麼會什麼事都沒有！」馮千靜托著腮，「報警怎麼樣？」

「不可以！」鄭宗霖跟韓佩茜異口同聲，「萬一害到王美怡怎麼辦？」

「事情還沒搞清楚，我們先聽何嘉瑄怎麼說……」夏玄允喃喃自語，「但前提是要先看見何嘉瑄啊！」

不見人就什麼都不知道，她怎麼逃出來的？從哪裡逃？她們那天補完習究竟發生了什麼事？爲什麼會集體失蹤？

夏玄允覺得腦子跟糨糊一樣，他總覺得應該直接去汪聿芃家才對……是啊，他捧著溫熱的杯子，鼻息間聞到的是洋甘菊的花香氣。

「我們去汪聿芃家吧！」他爆出這句話，「在這邊等不是辦法，這段時間說不定就找到了！」

「好！」鄭宗霖立刻站起，「我知道路！」

「你去跟江媽媽說一聲。」夏玄允戳戳郭岳洋，他才就口的杯子又給放下，起身往裡頭喊。

馮千靜把杯子往毛穎德緊握的拳頭邊挪，「喝一點，舒緩一下。」

「妳眞覺得洋甘菊有效？」他皺眉。

「熱的總會舒緩。」她執起杯子，「這是心理問題。」

毛穎德搖頭，除非這杯茶裡放的是止痛藥，否則區區花草茶最好能治這種都市傳說的痛！

砰砰砰！門外突然傳來敲門聲，這聲音來得突然又激烈得驚人，嚇得毛穎德不小心滑掉了杯子！

咚匡匡，杯子滾到桌面，馮千靜連忙抽紙巾來擦，「沒破沒破！」

「我去看！」鄭宗霖跳了起來，直接往門外衝，「誰——」

「你們要走了嗎？那盈甄呢？」廚房後方走出江媽媽跟郭岳洋，「還是我跟你們去？」

「我們覺得要先去找汪聿芃比較快，找到她的話，我立刻讓江盈甄打電話跟您報平安好不好？」郭岳洋堆滿可愛的笑容，希望能安定母親的心。

「唉。」江媽媽眉頭揪結，聽見外頭的聲音，「誰？有誰來嗎？」

「剛有人敲門，鄭宗霖去看了……」夏玄允才指著餐廳門口，就看到他們正討論的人走了進來。

汪聿芃氣喘吁吁的奔進餐廳，她先是用詭異的眼神掃視著大家一圈，所有人也都警戒又吃驚的看著她。

只見她什麼都沒說，直接從右邊繞到夏玄允身邊，一把搶下他手裡的杯子。

「喂！」

汪聿芃又喘了幾秒才開口，「我去找童胤恒，就發現曾之鳳屍體那個男生，T高的！」

由後跟上的鄭宗霖嗯了一聲，「怎麼了嗎？就之前在警局見過的那個發現者？」

那時何嘉瑄她們全部都有去，包括曾之鳳的父母。

汪聿芃緊捏著杯子，還在調整氣息。

「江盈甄人呢？周庭卉跟何嘉瑄？」馮千靜直接站直身子，呈備戰狀態，「她們不是去妳家了？」

汪聿芃看著斜對面的馮千靜，面無表情的再轉了回來，也根本不知道她到底有沒有在聽。

「我們都同個學區的，我知道童胤恒跟江盈甄是朋友，因爲那天在警局他們有打招呼，那個男生說之前就見過曾之鳳，所以才會在沒有線索的情況下，報警時就能說出她是S高的！」汪聿芃呼了一口氣，這次轉向的是郭岳洋，「我就一直覺得奇怪，哪邊接不上來，解不開題目我不安，所以我去找他問了。」

郭岳洋不明白她的話，「什麼？」

「江盈甄的媽媽在她很小的時候就死了，她阿嬤家發生大火，早就燒死了。」汪聿芃冷不防把手裡的杯子朝郭岳洋扔去，「她根本沒有媽媽——」

什麼！郭岳洋來不及留意就在她身後的女人，他只看見杯子飛來，驚恐的蹲低身子，同時馮千靜也抓起自己的杯子，狠狠的就往女人的方向扔過去！

「哇啊！」女人踹了郭岳洋一腳，旋身閃進廚房。

「追過去！」馮千靜立即離開椅子，準備追上前，靠近廚房的韓佩茜嚇得驚聲尖叫，不過才一秒，餐廳的燈突然暗去。

是整間屋子的燈都暗去了。

「光！」馮千靜大喝著，角落首先發出光亮的，是再痛也維持警戒狀態的毛穎德，他手電筒一直準備著。

腳步聲由近而遠，由上而下，她們都聽見女人奔下樓的聲音了。

昏暗的餐廳裡由ＬＥＤ燈照明，卻顯得更加詭異，長條桌上大家分布兩邊，多數人還陷入不可思議當中。

「江盈甄沒有媽媽？」夏玄允抓過就在身邊的汪聿芃，「妳剛說她外婆家燒掉，那也沒外婆？」

「都沒有，她外婆跟媽媽早就死了，她一直是單親。」汪聿芃斬釘截鐵，

「她很少提家裡的事，我跟她也不熟，自然不知道——韓佩茜！」

她目光一掃，轉向站在正對面抖個不停的女孩。

「我……她、她沒有媽媽！」韓佩茜搖著頭，「我不知道她的事啊，但是這樣說有、有道理，因爲王雅慧她們說過她是沒媽的小孩。」

鄭宗霖呆然站在外頭，他當然什麼都不知道，唯一跟江盈甄她們同班的是周庭卉啊！

「那妳爲什麼知道？」馮千靜仔細查了廚房，原來有側門通到客廳，再把手電筒直照向汪聿芃。

「哎！」她刺眼的別開眼，「我聽何嘉瑄她們說過，什麼她們比江盈甄強，至少有爸媽！」

「她也有啊！」鄭宗霖不明白，「江盈甄她有爸爸！」

「不在家……」韓佩茜幽幽說著，「因爲長年不在，所以我聽之鳳說過，她跟孤兒沒兩樣，所以……」

「所以？」郭岳洋溫聲的期待後續。

「所以，」韓佩茜有些不知道該怎麼說，「所以她們有時會說她就是因爲沒人要、沒人教養，所以個性才會怪怪的。」

「誰這麼說？江盈甄還好啊，她根本就沒有哪裡奇怪，熱心又善良！」鄭宗霖覺得這話離譜，「妳聽誰說的？」

「她們、全部都這樣說啊，她們說江盈甄會跟人人都好就是怕失去，想要討好所有人，因爲缺乏溫暖！」韓佩茜哎唷的摀著耳朵，「話不是我說的，我也不知道她們的意思啦！」

咚！一拳擊上桌面，毛穎德撐著身子站起，「好了，這不是重點了，重點是何嘉瑄她們怎麼了？」

不要忘記，失蹤的女孩。

「在樓下！」馮千靜二話不說立刻從腰間拿出霓彩棍，即刻從廚房側門衝出去。

「馮千靜！」毛穎德嚷著，「追上去啊！不要讓她領頭！」

「小靜！」郭岳洋撫著發疼的屁股，趕緊追了出去。

砰！巨大的關門聲來自前廳，鄭宗霖跟韓佩茜嚇得尖叫，毛穎德連頭都不想回，想也知道爲什麼關了。

「那個……那個女人，是假媽媽嗎？」鄭宗霖每個字都在抖，覺得這一切太不可思議了，「她就是、就是召喚血腥瑪麗的人？」

「不是。」毛穎德撐著身子往廚房側門那兒去，「她就是都市傳說。」

血腥瑪麗本尊。

傳說中，伊莉莎白．巴托利是全歐洲最美的女人。

冷豔傲慢，即使中年之後還多的是男人為了她決鬥，號稱當時歐洲最美麗的女人；也有人說她身上有股致命的香氣，讓人迷惑，但是據她本人所說，她血浴後絕不沖掉，要讓寶貴的血液停留在她身上，所以她身上的香氣，就是她的體味與血腥味的混合。

那位江媽媽的姿色，的確可以這樣形容，夏玄允當時回來還一直提，說那有多美多豔麗，還多了份女人的成熟美，是那種光眼神流轉就能吸引人的類型。

連夏玄允這種嫩萌都會被吸引了，就知道有多美。

剛剛毛穎德沒心情看，他已經快痛死了，實在沒心情注意女人……他只是在想，如果這個都市傳說在這裡蟄伏這麼久，他怎會沒注意!?

「是啊，今天是我第一次來江盈甄家……」他嘖了一聲，之前來訪時他並沒有到，因為那晚他們分三路進行。

之前若是來過，就能知道這兒有都市傳說了。

「小心江盈甄。」馮千靜站在往地下室的樓梯口說著，「她恐怕也不正常。」

「爲什麼這麼說？」韓佩茜不解，「她說不定正在等著被救啊！」

「我們之前就見過血腥瑪麗了，在她還是老太婆時候的樣子！」馮千靜厲聲說著，「那時江盈甄可是對著我們說那是她外婆呢！」

江盈甄不可能不知道外婆身故，更別說後來那女伯爵恢復成貌美模樣時，立刻就改口叫母親，她根本在幫忙血腥瑪麗掩蓋事實。

「……她召喚血腥瑪麗的嗎？」汪聿芃率先緩步往樓梯下走去，「好奇妙的人喔，當初打賭時，說輸了要去召喚血腥瑪麗就是她不是嗎？」

是啊，她哭哭啼啼的說早知道不要提出這種懲罰了、說她不知道王雅慧會眞的召喚血腥瑪麗——結果根本是她自己！

「看來她是利用這個懲罰，不管她是怎麼辦到的，我想王雅慧最後是被她拐去的。」郭岳洋冷靜的分析，「然後她召喚出血腥瑪麗後，王雅慧就是第一個祭品。」

第一次的沐浴，血量太少，無法恢復女伯爵的美貌，才會是他們看見的老阿嬤。

馮千靜拉住汪聿芃，她走這麼快幹嘛？

「周庭卉在下面嗎？」汪聿芃回眸，眼神中帶著恐懼與堅持。

「看來趙伯撞見的是江盈甄了。」夏玄允嘆口氣，跟著回頭，「你們三個不要看見同學就心軟喔，雖然很可憐，但是她已經幫助血腥瑪麗殺了自己的同學！」

「嗚……」韓佩茜哭著腳軟，「我、我不想下去，我想回去！」

毛穎德往下走，每一步都吃力，「出得去就去吧，我要下樓……馮千靜。」

她回首，擔憂的望著他，「你在後面啊，前面我來。」

毛穎德搖搖頭，天曉得下面是個什麼樣子，他拉著汪聿芃往後，叫她乖乖躲在後面，先讓他們開路再說。

他只是抓了廚房的水果刀，便跟馮千靜走下去。

戰鬥是格鬥者的本能，所以馮千靜沒有遲疑太久，他們在黑暗中的樓梯行走，不過是地下一樓而已，但是比想像中的深。

兩層樓梯，轉彎後就可以看見唯一的燈光，隱隱約約的從左手邊傳來。

樓梯尾端的左手邊約兩公尺的距離有扇大門，門爲半掩，黃色的燈光自裡頭柔和發出。

馮千靜不由得皺鼻，她回頭看著大家，韓佩茜直接捏住鼻子，夏玄允則難受得皺起眉頭，看來大家都聞到了，那股不尋常的腐臭味。

郭岳洋緊張的握著拳，這個味道只怕代表著下面有腐敗的屍體……是何嘉瑄？還是王美怡？或是更多他們不知道的女孩？

「馮千靜，小心點。」毛穎德在後面警告著，這有種請君入甕的感覺。

馮千靜只是輕輕頷首，她當然知道，裡面靜謐異常，而那美麗的女人也的確在裡面等她。

小心翼翼的下樓，她正在猶豫著該如何進去卻不受攻擊時，突然看見影子在裡頭晃動，仔細聽，還可以聽見嗯嗯的悶哼聲。

馮千靜要大家站著別動，她獨自繞到半掩的門外，短棍往門戳去，門硬生生開啓……咿……

沒有誰衝出來、也沒人躲著攻擊似的，而在樓梯上的人們，都看見了熟悉的人影被吊在半空中！

「周庭卉！」汪聿芃吃驚的喊出聲！

周庭卉雙手高舉被束著，身子懸吊在半空中，雙腳也被緊縛，像根柱子一樣晃。

「嗯嗯嗯！」她的嘴被封住，哭得一雙眼紅腫，盈滿驚恐的看著門外，一緊張，人又在空中旋轉著。

汪聿芃跟鄭宗霖急忙的衝下樓，馮千靜往裡探了幾秒，使勁伸腳往門板再踹了一腳，誰要躲在後面就誰倒楣了。

轉進浴室，江媽媽……噢不，應該稱呼她爲巴托利夫人，不躲也不藏的坐在浴室邊的絨布椅上，曾幾何時換上了絲質浴袍，正在那兒梳整著頭髮。

她從鏡子裡瞄著走近的馮千靜，揚起妖豔的笑容。

馮千靜冷眼白了她一眼，逕自走到周庭卉面前，她被鐵鍊吊著的一雙手腕脫皮了，雙腳是粗麻繩束緊的狀態，並不好拆。

「這可能需要銳利的剪刀。」馮千靜扯扯繩子，「鄭宗霖，誰抱著她，不要讓她的手承受太大的壓力。」

鄭宗霖趕緊跑過來，抱住周庭卉的雙腳，她哭得泣不成聲，但至少手腕不必再支撐全身的力量！

「何嘉瑄呢？」汪聿芃立刻焦急的問著，「妳不是跟她一起來嗎？」

只見周庭卉杏眼圓睜拼命搖頭，擠出再多淚水，也聽不懂她在說什麼；而封口的東西是棉布加外罩，但是因爲她被束得很高，非人力所能及，取不下來。

「不必問了。」夏玄允沉著聲，搭上汪聿芃的肩，「那個是……何嘉瑄嗎？」

那個？馮千靜順著夏玄允指的位子看去，那是位在門後的最角落，攤著一個赤裸且千瘡百孔的女孩，她的身體處處迸裂撕扯的痕跡，根本不是具全屍，像垃圾被扔棄在角落裡，全身已經發黑，屍水正汩汩流出。

「啊啊！」鄭宗霖嚇得只看一眼就立刻回身，背對著那角落，依然撐抱住周庭卉的雙腿，「那不是何嘉瑄！不是她！」

的確，那個樣子很難辨認是誰，但是夏玄允這麼說是有道理的。

「可是那個是王美怡吧？」郭岳洋指著最上方，有個關在籠子裡的女孩。女孩身子癱軟，身上孔洞不少，但不像劉佳穎那樣的密布，血液還能緩速滴出，她剛剛動了一下，郭岳洋才能確定她還活著，但就算活著，只怕也是奄奄一息。

巨大鳥籠裡的如果是王美怡，那角落的屍體就只能是……

血腥瑪麗近在咫尺，毛穎德根本無法站立，他一進浴室就痛苦的貼著牆滑坐而下，因此看得更加仔細，這滿室的鮮血，瓷磚縫裡藏有太多洗不掉的血液，而角落那具屍體更是慘不忍睹，根本是裂開的肉塊。

「江盈甄呢？」汪聿芃搖著周庭卉，「她在哪裡？她應該也在這裡，是她召喚血腥瑪麗的嗎？」

女伯爵優雅的看著鏡子裡的自己，美麗不老的容顏，當時豔冠群芳的巴托利夫人，多少人拜倒在她石榴裙下，多少人爲了她而決鬥。

「她會不會也已經死了？」鄭宗霖顫抖著哽咽，「早就被這個血腥瑪麗……」

「不，我在這裡，不必亂猜。」

腳步聲由外輕快傳來，跟著走進穿著家居服的江盈甄，她一站在門口就看著每個人，表情有點失落。

「啊，爲什麼吳雯茜沒有來？」她再看向韓佩茜，「就只有妳嗎？淑文她們呢？」

「……盈甄？」韓佩茜無法置信的望著她。

「眞麻煩，我本來想一起收集齊的。」江盈甄不在乎的筆直走向馮千靜，再掠過她走向血腥瑪麗，「可惜你們沒喝茶，媽需要很多青春的血液。」

媽？

夏玄允看向郭岳洋，他們再看向汪聿芃，她不是說她媽媽死了嗎？

「江盈甄！妳少來了，妳媽早就死了。」汪聿芃果然立即發難，「我問過童胤恒了，妳阿嬤跟母親當時一起葬生火場，所以之前在這邊看到的阿嬤就是這個血腥瑪麗！」

「嗯哼，厲害吧！」江盈甄居然瞇起眼笑得開心，「只多花了兩個人的血，我媽就立刻變得這麼美……她現在想要更年輕一點，至少肌膚要滑嫩健康。」

「那不是妳媽！」汪聿芃突然爆氣般的喊著，「韓佩茜，妳也知道的對吧！」

韓佩茜嚇得說不出話，只是哭著搖頭，拼命搖頭。

「她當然知道，她們都知道……」江盈甄抬起頭，笑看王美怡的眼神很得意，「不過沒關係，我現在有媽媽了！」

她邊說，居然邊往血腥瑪麗身上靠去，最驚人的是那殘虐的巴托利夫人也回擁著她。

「可以再變態一點。」馮千靜覺得不耐，「妳召喚血腥瑪麗出來幹嘛？別告訴我妳媽就是血腥瑪麗。」

「不可能不可能。」夏玄允在後面立刻補充，鏡子裡照出的都市傳說怎麼可能會是江盈甄她媽媽啦！

「為什麼不可能！現在她就是我母親。」江盈甄看起來倒很幸福，「我召喚血腥瑪麗，我原本想再看我媽一面，但想想如果真的可以許願，何必浪費？」

巴托利夫人回眸，用寵溺的眼神看著江盈甄。

夏玄允當場倒抽一口氣，「妳、妳……許了什麼？」不會吧，這太扯了！

「我要一個媽媽。」

江盈甄正首，說得理所當然。

她要一個母親，一個活生生、會疼她愛她的母親，然後血腥瑪麗就成為她想要的媽媽了。

「妳……妳讓血腥瑪麗當妳媽!?妳知道她是個都市傳說嗎？」郭岳洋簡直不敢相信，「就算不是那個鏡子裡的邪靈，妳現在召出來的也是個變態殺人魔啊！」

「我要的是一個母親！讓她們看看，我是有母親的人！」江盈甄揚聲再往上看，「笑我！只會笑我是沒媽的孩子，你不知道她們看見這個會疼我的媽媽後，臉色有多難看！」

「我覺得她們應該是因為被戳得千瘡百孔又被放血，臉色才會那麼難看。」馮千靜皺眉，這是哪門子的病態？

但她沒忽略江盈甄說的，立刻轉頭看向韓佩茜，「妳們真的到取笑她的地步？」

「不是……不是我！是何嘉瑄她們！」韓佩茜連忙搖頭，「我們很少說的，都是她們說她、她……沒媽的小孩欠缺關心，雅慧常會掛在嘴上！」

是，某方面而言說得還真對，自幼喪母，父親又長年在外，把她丟給佣人照顧，阿姨偶爾過來看個兩眼，江盈甄根本就是在沒有家庭溫暖的環境下長大！所以到了青少年時期，她自然比一般人更重視同儕。

沒有關愛的她，生活重心都在同儕裡，她自然看重，小心翼翼的不想失去任何一丁點的快樂。

嘲笑別人單親家庭，本就是件極度惡質的事。

渴望關愛與幸福的江盈甄，聽著那不經意的嘲笑，每一句都像刀割，這些她最重視的人們，卻最喜歡往她痛處踩……直到她真的想要一個媽媽。

夏玄允突然覺得一切都不意外了。

「我看到鄭宗霖他們在設計浴室時跟著查了一下……我開始希望都市傳說是真的，如果血腥瑪麗可以讓我許願，我想再看媽媽一次，我想說我有多想她。」江盈甄冷冷笑著，「我故意提出懲罰是去召喚血腥瑪麗時，大家居然答應了！真是有夠蠢的。」

「趙伯撞到的是妳嗎？」汪聿芃握緊粉拳，她很在意這點。

江盈甄點頭，向右看著摟著她腰際的女人，「我對趙伯沒意見，但媽說不能讓別人知道。」

「所以王雅慧根本沒去召喚。」郭岳洋喃喃說著，像是在證實自己的猜測。

「錯，她去了，還是我陪她去的，我們從垃圾車進出的側門牆邊進去的。」江盈甄滿臉都是得意，「我說陪她去壯膽，但是召喚時她得自己在裡面，我還幫她錄了影！等召喚完後我說我也想玩，所以我進去進行了眞正的召喚——」

「拿屍肉做的蠟燭，認眞召喚血腥瑪麗？」夏玄允有點發毛，「妳這方法哪裡來的啊？」

江盈甄帶著點困惑，「你們的社團FB啊！」

咦？這會兒連馮千靜都不由得回瞪向郭岳洋，她說過幾百次了，不要老是在社團上記載一堆詳盡的召喚法！

「我……我只是引用，那不只我可以更改，林詩倪跟阿杰……哎！」郭岳洋可慌了，「那沒經過查證啊！」

「我證明了，普通蠟燭召喚不出血腥瑪麗的。」江盈甄轉身用力擁抱了巴托利夫人，「因爲只有我召喚出來，媽媽一出來後，王雅慧剛好給媽媽洗澡用。」

用處女的鮮血沐浴，必得青春，所以王雅慧根本沒離開過學校！

「趙伯撞見妳之後呢？妳躲去哪裡了？」夏玄允疑惑的問，「沒有見到妳離開的蹤影。」

「因爲我沒有離開啊！」江盈甄聳肩，「我帶王雅慧回去浴室後，我就在學校等到天亮，時間一到，大家頂多以爲我是第一個到校的。」

從頭到尾，不管王雅慧或是江盈甄，她們都沒有離開學校。

而王雅慧被騙回那驚奇屋的浴室後，下次出現就是血被放乾的吊在假屍林裡。

「驚奇屋裡並非第一現場……她的血呢？」毛穎德緩慢的問著，連浴缸裡的水都只是普通水而已。

江盈甄微笑不語，並不打算回答，其實毛穎德也沒有認眞的想知道，因爲諸多疑點，他總覺得眞相會令人無法承受。

「我可以問宋欣妏嗎？」汪聿芃擰起眉心，「她的死跟妳有關係嗎？」

江盈甄聳肩，「她逃出浴室後，是我喊她的，我只是叫她過來我這邊，她就傻傻的過來了……呵，你們都覺得她虛弱，嘲諷我最多的可是那躺在床上病弱的她呢！」

「她們不該笑妳，但妳也不該愚蠢到召喚都市傳說出來當母親吧！有人這樣半路認媽的嗎？」馮千靜看著江盈甄，她的心志已經扭曲，「妳讓她殺掉同學們，殘忍的虐殺，妳竟都無動於衷。」

只見江盈甄瞇起眼，充滿幸福的笑容，環抱著起身的巴托利夫人，偎在她胸前。

「我只要有媽媽就好了。」

第十一章 血腥瑪麗

神經病。

馮千靜厭惡的皺眉，當下轉身，「得先把她們放下來……」

砰！浴室門陡然一關，不該有人的門後突然出現了一個沒有頭、渾身是血的女人——她是什麼時候在那裡的？剛剛門板明明是攤平的，後面沒人啊！

「是同黨啦！」夏玄允緊張的回身，「那個是女伯爵的同黨，她們因爲不是貴族所以被處以極刑！」

「這也是都市傳說的基本配備嗎？」馮千靜看了覺得噁心！

「如果她是伊莉莎白・巴托利本尊，這就是一套的啊！」郭岳洋不由得這麼說，「連上面那些刑具都是一組的，她們是一體被召喚出來的。」

「江盈甄！」馮千靜倏地指向她，「送回去！」

送、送回去？毛穎德覺得手痛頭也疼，血腥瑪麗這麼容易送回去，就不是威風凜凜的都市傳說了啦！

「這是我媽。」她溫和笑著說，「妳們要協助我，讓媽媽年輕美麗，等我處理完所有知道我沒媽媽的人之後，我以後就可以帶著我媽出去了。」

等她處理完所有知道她沒母親的人——天哪！那可要多少啊！？汪聿芃瞠目結舌，想起血腥瑪麗的傳說中，以城堡領地爲中心，附近城鎮的少女全數凋零！

「男的殺掉。」巴托利夫人勾起嘴唇，對著無頭女人說著，「女孩的話……先收著，我要洗澡了。」

「洗妳個頭！」擒賊先擒王，馮千靜直接走向巴托利夫人，江盈甄則緊張的上前。

「妳不要接近我媽——」她打橫雙臂呈大字型，意圖阻止馮千靜。

馮千靜一點猶豫都沒有，在踏進這間浴室時，這裡對她而言就已經是格鬥擂台了！

唯一要撂倒的人，只有一個：就是血腥瑪麗！

她直接一拳擊向江盈甄的正面，再反手一勾她的頸子，就往旁邊甩了出去！

巴托利夫人望著她，雙眼閃耀著光輝，馮千靜凝視著她，全身緊繃，已經完全進入戰鬥狀態……

「哇——小——靜——啊——」

但是，身後的叫聲讓她完全無法專心！到底是爲什麼連保護自己都不會啊！

「哇呀——」鄭宗霖抱著周庭卉的身體原地轉著圈，不想讓自己被持刀的無頭人砍，也不想讓周庭卉受傷，只能在原地晃。

而周庭卉的一雙手腕被這樣的拉扯力道下，血涔涔流出。

韓佩茜根本魂飛魄散，不停尖叫著躲在鄭宗霖身後，不過無頭女人很快的轉向郭岳洋與牆邊的毛穎德，一手拿刀、一手拿著鑿子，看來是要挖掉他們雙眼的。

汪聿芃在地上找到其他刀具，試著想鬆開周庭卉腳上的繩子。

巴托利夫人朝馮千靜扔出一個無奈的眼神，向後瞟去，彷彿在說：妳還有得忙喔！

馮千靜再不甘願，也是得旋身衝向郭岳洋。

巴托利夫人並沒有偷襲，她可不愛打架，她撫著自己的臉龐，她要的只有一樣：更多的血、更美麗的自己。

冷冷瞥了一眼倒在冰冷地板上的「女兒」，她毫不在乎的持續看著鏡子裡的自己。

「平常跟我練習都沒學到什、麼、嗎！」馮千靜助跑後直接飛踢，踹向無頭女人的胸口，「這傢伙是誰啊？沒頭爲什麼會動？」

「她的信徒！當年有被拔掉指頭再燒死的、也有被砍頭的！」郭岳洋嚷著，四處找著浴室裡能用的東西……

既然血腥瑪麗是巴托利夫人，那她虐待這些女孩時必定有刑具，除了鐵處女外，還有鉗子那些東西啊！她最愛拿火鉗逼近少女，讓她們驚恐的退後，跌進尖刺的鐵處女裡！

無頭女人只踉蹌兩步，握著鑿子突然轉往近在咫尺的毛穎德去。

手再痛，性命還是比較重要，毛穎德立刻閃離，鑿子在瓷磚牆上擊出清脆聲響，由於沒有頭，無法判斷無頭女人的方向與眼神，只看見她鑿子離手，然後——毛穎德高腿往她手腕踢去，企圖踹飛那鑿子。

無動於衷，對方握得死緊，毛穎德第一次踢腳無效，他右手擎著在廚房拿的水果刀，叫郭岳洋跟夏玄允到他身後去。

「你可以嗎？」馮千靜狐疑問著，他唇色都白了。

「痛歸痛，還是能動。」他說得很虛弱，「我只好假裝現在正在比賽了。」

馮千靜揚起讚許的微笑，是，再痛也得上擂台，當初她幻覺腦子裡有蟲在啃咬時，還不是盡全力上台比賽了！

身為格鬥者，嚥下最後一口氣前的人生都是戰鬥！

鐵鍊滑動聲驀地響起，馮千靜驚訝的向右後看去，江盈甄已經重新爬起，並且自上頭降下了那顆大鐵球！

「我要洗澡了，我的女兒。」巴托利夫人逕自在那兒懶洋洋的說著。

「就來！」江盈甄竟高分貝的回著，那鐵球分成了兩半，是開闔式的，裡面滿佈著伸向球心的尖刺。

江盈甄立即走向了周庭卉，鄭宗霖立刻明白她想做什麼！

「江盈甄，妳醒醒啊，她是周庭卉耶！」他緊張的大吼，「我們的同學！」

「都一樣。」江盈甄一臉無所謂的樣子，「媽媽要洗澡了，讓開好嗎……」

她略微一頓，突然瞄向了鄭宗霖後面的韓佩茜。

是啊，周庭卉現在有鄭宗霖護著，要處理有點麻煩，但是韓佩茜可是活蹦亂跳的呢！

她一秒放棄周庭卉，右手握著硬式套索，直接朝韓佩茜走去。

馮千靜大跨兩步就要伸手拉住韓佩茜，只是左眼角突然看見飛來的東西，及時止步，看著一把匕首自眼前飛過去。

第二個女人憑空現身，她是有頭，但是卻沒有指頭，十隻指頭都是燒灼過的痕跡，可是用掌心握東西還是很靈活啊！

無指女毫不猶豫的直接想抓住馮千靜，她當然輕易就閃開。

「喂！這女人的信徒有幾個啊？」馮千靜無法再接近韓佩茜，面對劈來的刀子只能拿霓彩棍相抵。

「兩個、三個……好多個啊！」郭岳洋他們躲在毛穎德身後，閃著無頭女人，「她如果沒這麼多人幫忙，怎麼處理這麼多屍體！」

「果然物以類聚！」抓到空檔，馮千靜以棍掃腳，順利絆倒了無指女人。

另一頭的鄭宗霖無法顧及這麼多人，韓佩茜已經被江盈甄扯住長髮，以套索圈住頸子，直接朝鐵球那邊拖行！

「哇！不要不要！江盈甄！我沒有笑妳！」韓佩茜歇斯底里的掙扎，坐到地上了依然被拖著走，「我不想死！我不想死啊！」

江盈甄完全沒有理她，她雙眼閃著的光芒就是：我不會讓母親失望。

她一直不想讓任何人失望，她誰都好誰都可以，爲了討好大家，她可以當作好好小姐，她可以使命必達……現在好不容易有了媽媽，世界上沒有人比媽媽更重要了！

她想過了，等媽媽恢復到一個地步，她就轉學，然後家長日時媽媽就會婀娜現身，她要讓大家看看她不但有媽媽，還是個這麼美麗大方的女人！會疼她、愛她、照顧她……

馮千靜欲跳過無指女，再狠扁江盈甄一頓，誰知剛摔在地的無指女猛然抓住她的腳，讓她整個人往前撲倒，就在無頭女的左手邊。

同一時刻，原本在攻擊毛穎德的無頭女人，冷不防的將錐子換到左手，直接將錐子刺向馮千靜！

「馮千靜！」毛穎德措手不及，看著她的身體朝那錐子撞過去！

「哇啊啊——」胡亂驚恐的叫聲從左邊切進來，一個身影雙臂大張的滑進馮千靜與錐子之間，硬生生擋下。

夏玄允僵直著身子跪在地上，錐子就在他的眼珠前。

在這個微妙的瞬間，無頭女人原本要向前戳刺的錐子突然停止，她一秒收手，甚至冷不防的朝右劃去，往失神的毛穎德劃上！

「啊！」失神的毛穎德及時舉起手臂擋下，上頭瞬間被劃出一條血痕。

馮千靜感受到右腳踝的鬆開，她圓睜雙眼，看著眼前的人。

「嚇、嚇死我了……」夏玄允整個人瞬間癱軟向後，倒在馮千靜身上。

「喂……」她趕緊撐住他的身體，腦子有點混亂。

剛剛那角度，她們可以順理成章的戳刺夏天的眼睛，應和召喚血腥瑪麗的代價，但是無頭女人卻住手了。

都市傳說，不會傷害夏天嗎？

「嘎呀！我不要我不要——」韓佩茜的尖叫聲把大家拉回現實，馮千靜倏地向右後方看去，急忙推了夏天一把叫他自己站起，趕緊往韓佩茜那邊去。

毛穎德見夏玄允一站起，連忙把他拉到身前，做個完美的盾牌。

「喂喂！」夏玄允嚇得停止呼吸，爲什麼把他拉到前面？

這麼近看著沒頭的身體，還是很嚇人好嗎！

無頭女人眞的完全不攻擊夏玄允，只遲疑了一秒，就轉身朝鄭宗霖那邊去了。

「夏天！」郭岳洋立刻衝上前拉住夏玄允，「她們不會攻擊你，跟消失的房間一樣，都市傳說不會動你！」

「……嗯。」夏玄允也注意到了。

「快想辦法啊！不管什麼都可以，結束這個都市傳說！」郭岳洋催促著說，「你有足夠的時間，快點！」

郭岳洋邊說，一邊把背包卸下來交給他。

夏玄允微顫的點頭，接過背包後緊緊握著，「我不知道怎麼做……但我會盡量試。」

「你最好快點想好、怎、麼、做！」毛穎德邊喊著，一邊拿水果刀刺進無頭女人的右手腕裡。

如果錐子踢不掉，至少可以砍掉她的手吧！

周庭卉快要嚇暈過去了，她毫無反抗力，只能任由鄭宗霖抱著在原地轉圈，而鄭宗霖都快尿濕褲子了，要不是學長們這麼機靈，他只怕已經被戳了好幾次了。

一公尺外的鐵球旁，馮千靜拉住了韓佩茜，右手拿著霓彩棍指向江盈甄。

「妳眞的喪心病狂到什麼地步了？這是同學！」她瞄準的是江盈甄的喉嚨，「不管是誰，妳都不能這樣濫殺無辜！」

江盈甄只是淺笑，死揪著韓佩茜的長髮，離鐵球就剩幾吋了！

「妳既然這麼心疼那個女孩，那就讓妳代替她吧！」

咦？馮千靜什麼都沒感應到，她只聽見聲音在背後響起，連回頭都來不及，就感到有人掐著她的後頸，直接往鐵球裡推去！

江盈甄迅速的拖著韓佩茜閃開，好給馮千靜一條暢行的道路！

「唔——」馮千靜整個人撲向鐵球，幾乎一下子就進入鐵球中心，另一半的鐵球即刻就關上了！

即使尖刺就在眼前，她敏捷的反應讓她拿霓彩棍橫抵住內部，爲自己爭取了足夠的空間，也避免撞上尖刺！

鐵球中間有一人寬的狹小空間，加上她抵住鐵球，沒讓球體自動關上！

江盈甄倏地放棄韓佩茜，立即跑到旁邊去要把鐵球吊上去，只有幾秒的工夫，馮千靜便感到雙腳離地。

「可惡！」她甚至得抓著尖刺以撐住身子對抗地心引力，感受著自己離地，然後，看見站在下頭的巴托利夫人，帶著始終期待且妖媚的笑容。

「等等球一開始晃，看妳能撐多久！」江盈甄揚聲，「妳早晚會鬆手，在裡面滾動！」

滾動？確定這裡面有空間可以滾動，球體一旦關起來，根本是三百六十度的尖刺環伺在旁，在裡面滾的話豈不……啊啊，馮千靜想到何嘉瑄破裂的屍體，這就是刺之鐵球，好讓女伯爵可以在下面淋浴嗎？

「馮千靜！」毛穎德緊張的大喊著，他很想衝過去找江盈甄，但是根本沒有機會。

「我來！」好久沒出現的聲音竟迸了出來，「小心墜落！」

什麼？什麼——馮千靜還沒發問，就感受到鐵鍊倏地鬆開，直接往下墜！

汪聿芃抓著發紅的火鉗，直接朝江盈甄飛撲，嚇得她鬆開了鍊子！「哇！」

「汪聿芃！妳也太慢了吧!!」鄭宗霖忍不住抱怨剛剛是在思考怎麼動作嗎？

爲什麼這麼慢？

「我要找到對的東西啊！」這廂還理所當然。

隨著江盈甄的鬆手，鐵球重重落下，幸而汪聿芃夠聰穎，打飛江盈甄後，還沒忘記及時拉住鍊子。

「喔喔喔！」只是她力道不夠，這麼猛然拉住，鍊子在她手上磨出了血痕，盡數破皮。

總算在鐵球撞地前穩住，馮千靜即刻衝出鐵球，沒有遲疑的奔向巴托利夫人。

先朝她的頸子？不，先踹她引以爲傲的臉，再固定住她，接著就——高舉的腿瞬間被巴托利夫人握住，她輕鬆自若的看著馮千靜，嘴角都是嘲笑。

「女兒！」巴托利夫人倏地鬆手，把馮千靜往後推，「不要讓媽媽這麼忙！」

馮千靜踉蹌往後倒，滿身是血的江盈甄已經上前，手上握著另一支火鉗，上頭燃燒著豔橘色的炭。

汪聿芃一怔，看著自己手上的，怎麼這麼多支？而且江盈甄的還有炭耶！

「退後！」江盈甄厲聲喝著，「不退後我就燙妳的臉！」

馮千靜握緊雙拳，這根本是擂台上作弊！

耳邊的慘叫聲傳來，無頭女人的鑿子原本要刺鄭宗霖卻刺穿了周庭卉的小腿，毛穎德手上的水果刀正跟大刀ＰＫ，其他人根本都自顧不暇。

她深吸一口氣，後退一步。

但江盈甄迫使她更後退，火紅的炭就在眼前，拼命往她臉上戳去，逼得她潛意識的不停後退……但是她比誰都知道，後面是鐵球，照理說寧可毀容也不該退！

她可不想再回去！

「進去！」江盈甄雙眼迸出喜悅的光芒，右手略收，然後突然拿著火鉗做刺擊動作！

這樣子，馮千靜嚇得整個人往後，這一大步就足以讓她自己把自己釘上鐵球中間的尖刺！

「不能再退後了！」毛穎德沒有錯過這邊的狀況，但無頭女冷不防的就朝他劇痛的左肩一擊，「哇——」

「毛穎德！」郭岳洋驚恐叫著，趕緊攙住往後倒下的他。

馮千靜的黑色瞳仁裡映著橘色的火光、映著欣喜若狂加病態的江盈甄，仔細看可以發現她的眼神其實很詭異，不像正常的神態，以及……她肩後那雙眼鏡下的雙眼。

就是現在——馮千靜倏地蹲下身子，江盈甄身後一股力道使勁推了她向前，伴隨著她自己原本刺擊的衝力，讓她整個人自己撲進了鐵球裡！

「哇啊啊——」尖刺由正面刺入她的身體，江盈甄是正面進入的。

馮千靜飛快的往前滾翻，離開鐵球邊，因爲一旦有人進去，那鐵球的另一半就關上了。

「媽媽！」江盈甄掛在尖刺上，驚恐的尖叫著，「媽媽——」

在鏡前的巴托利夫人轉了過來，嬌媚的雙眸看著鐵球的關上，略微蹙眉，「盈甄？」

馮千靜起身後，火速護著汪聿芃往後退，她如果什麼事都要思考的話，非常不適合站在戰場中間。

「媽媽——呀！好痛！媽媽！」江盈甄的聲音在鐵球裡尖叫著，因爲她不敢抽開自己的身體，萬一使勁往後，背後的尖刺也在等著她。

「啊，洗澡了。」

只見巴托利夫人根本不在乎江盈甄的生死，朝空中一彈指，第三位無指信徒無聲無息的出現在鍊子邊，開始把鐵球升上去。

「哇啊！不——不——啊！媽媽！」江盈甄歇斯底里的叫聲不絕於耳，但巴托利夫人只是褪去睡衣，赤裸婀娜的走來。

身材眞的非常好……連身爲女人的馮千靜也必須這麼說。

她並不瘦，豐滿且前凸後翹，胸部至少有D罩杯，胸型漂亮，屁股更是渾圓，身形高挑，雙腿勻稱白皙又修長，加上那張性感魅惑的臉，不說當時了，就算現在也能誘惑萬千。

江盈甄的慘叫聲在鐵球裡響著，她依賴的「媽媽」絲毫不以爲意，信徒將鐵球高高拉起到最上方該有的位子，而巴托利夫人則優雅的走到了她淋浴的位子。

這時候，無頭女及無指女不需指令，紛紛往浴室側邊移動，不能打攪到她們的夫人洗澡似的。

浴室正中央頓時淨空，郭岳洋正看顧著毛穎德，鄭宗霖依然守在周庭卉下方，儘管她的腿因爲他的閃躲被刺了許多洞，鮮血直流，但都不是大傷口，所以暫時無礙。

韓佩茜早狼狽的爬到浴室門邊，用各種方式想打開門，但就是打不開這道……沉重彷彿鍍金、上面有三道機關的門。

鐵球開始晃動，淒厲的慘叫聲即刻傳來。

「呀——哇呀——啊啊啊！」伴隨著慘叫，鮮血也跟著從鐵球裡滴落，「媽媽！媽——媽媽救我！」

巴托利夫人以一種愉悅的姿態仰首承接著鮮血，紅豔的血滴到她白皙的臉上、身上，她陶醉般的洗著血浴，散發著滿足的光芒。

馮千靜觀察著，現在是她攻擊的最佳機會，但是那位巴托利夫人是血腥瑪麗，她總覺得無論怎麼出手，對方都能輕易擋下她。

被召喚出來的血腥瑪麗，究竟要怎麼樣才能取消？

啪！打火石磨擦聲細微的傳來，那是因為馮千靜極靠近鏡子才聽得見，她錯愕的轉頭，看見鏡子前竟立了兩根蠟燭，漂亮的男孩正點燃了第二根。

夏天？馮千靜吃驚的望著他，身邊的汪聿芃滿是困惑。

「小靜！」郭岳洋的呼救聲驀地傳來，她倏地正首，看見無頭女人掐著毛穎德的頸子，尖錐已經逼近他的瞳孔，但郭岳洋用盡全身力氣去抵推，卻無法將無頭女抵離幾公分！

「讓開！」她大喝的同時，已經把手上霓彩棍跟著拋出去。

霓彩棍筆直射向無頭女人，她騰出左手一秒揮開，但這幾秒已經給了郭岳洋足夠的時間，讓他得以抓過手邊的一張椅凳卡在毛穎德面前！

但也給了無指女人足夠的時間，來到失去霓彩棍的馮千靜身後。

「爲……」汪聿芃眼尾餘光一瞥到無指女就嚇了一跳，「爲什麼會從這邊來啦？」

一邊喊著，她沒忘記拿走上的火鉗朝無指女臉上擊去。

「給我！」馮千靜即刻搶過火鉗，及時的擋下那染滿鮮血的刀子，「遠離這裡！」

汪聿芃連連後退，看著馮千靜跟無指女打得有聲有色……她動作好俐落喔，轉身、腳踢然後肘擊，現在直接跳上無指女的身體，用雙腳纏住她的頸子，咻地扭腰向後，帶著無指女砰的往地上摔去了。

太帥了吧！這跟拍電影一樣啊！

「住手──」滿身是血的巴托利夫人突然大喝一聲，伸直的右手卻是指著鏡前的夏玄允。

夏玄允正對著鏡子，從鏡子的倒影望著她。

「夏天……」雙腳箝著無指女的馮千靜倒抽一口氣，「你想幹嘛？」

「夏天！想清楚了嗎？」郭岳洋拿著椅子對付錐子，暫時被遺忘的鄭宗霖也趁機由後跳上無頭女人的背，試圖扯開她的手。

「想不到啦！」夏玄允緊張得汗濕了背，「我眞的想不到別的辦法了！」

毛穎德痛苦的望著夏玄允的背影，「不要亂來……你不知道後果的事不要亂試！」

夏玄允沒回頭，他只是努力從鏡子裡看大家。

「沒關係，我至少……」好像似乎可以控制都市傳說嘛！

「你爲什麼要這麼做？你沒有理由妨礙我的！」巴托利夫人依然任上頭慘叫、紅血滴落，鐵球裡的聲音變得極度虛弱，「你不是……」

「Bloody Mary、Bloody Mary、Bloody Mary！」夏玄允冷不防的一口氣就喊了三聲。

措手不及的，他召喚了血腥瑪麗。

「不！你——」巴托利夫人發狂的縮著身子，雙拳緊緊握著，「你是什麼意思——」

彎著身子的她，轉眼間在空間裡消失。

而夏玄允在鏡子裡，卻看見了她的臉龐。

淋滿鮮血，美豔卻帶著忿怒的臉龐，她自鏡子裡瞪著夏玄允，凶狠的彷彿想把他給撕了。

「請回去鏡子裡吧，永遠永遠不要再出來！」夏玄允認眞的對著鏡子說著，召喚血腥瑪麗，不是可以許個願嗎？

『不……不……』巴托利夫人忿怒的吼著，她的叫聲迴蕩在整間寬敞的浴室裡，大家都聽得見，但是卻看不見她的身影。

只有夏玄允看得見。

看著那美豔的容貌逐漸老朽，黑亮的眼神下凹陷，滑嫩的臉龐開始變得乾癟，然後……然後血腥瑪麗舉起了小小的刀子，開始往自己臉上切割，一道接著一道。

『你是最不該這麼做的人！』血腥瑪麗驀地貼在鏡前，用駭人的面目對著夏玄允咆哮，『你會付出代價的！』

她瞪大眼怒吼著，冷不防的撐開自己的眼皮，高舉起刀子就往眼窩裡刺——鏡子外的夏玄允，在毫無意識的狀況下，竟如鏡子般重複著與巴托利夫人一模一樣的動作——根本不知道究竟誰是誰的倒影！

「夏玄允！」馮千靜大喝著，但他彷彿聽不見。

啪！一雙小手及時握住了夏玄允的手腕，阻止他將不知哪裡來的碎片往自己眼窩裡插。

夏玄允瞬間驚醒，他驚恐且不明所以的看著發抖的汪聿芃，她眼鏡下的雙眸噙著淚。

「你瘋了嗎？」汪聿芃皺起眉，「幹嘛學她啊？」

他驚愕的看著自己手上的碎片，很想解釋，但就無從解釋起，「我沒有學她！」

只是在剛剛那瞬間，他變成她的倒影罷了。

『召喚血腥瑪麗是要付出代價的！』巴托利夫人的雙眼已經刺瞎，『沒有人可以輕易召喚血腥瑪麗還能全身而退——』

說時遲那時快，撲上鏡面的血腥瑪麗下一秒竟竄了出來！

「哇呀！」汪聿芃完全傻掉，枯槁的手已經抓住她的頭髮，直接將她往鏡子裡扯，「等一下！不是我召喚血腥瑪麗的啊！」

這不是她做的事不能推到她身上啊！

「對，是我。」夏玄允對著鏡子，高舉著自己隨身的鑰匙圈環，轉到了聖誕樹吊飾，「回去吧，永遠不要再出現！」

夏天的鑰匙圈是繁複的，上頭有許多「都市傳說」的元素：「一個人的捉迷藏」中被燒毀的娃娃殘骸鞋子、「消失的房間」裡毛穎德住過的101號房鑰匙圈，以及最重要的——

聖誕老人親自送給他這個好孩子的禮物，一個聖誕樹吊飾。

他們認爲這就是夏玄允可以力抗都市傳說的重要禮物……所以他拿著聖誕樹吊飾，狠狠的砸上了鏡子。

『呀——』馮千靜制住的無指女立即發出淒厲的尖叫，身上開始竄出火苗！

哇咧！馮千靜飛快的滾離她身邊，拍掉燒上腳的火苗。

而那位剛刺穿椅子的無頭女人也驚嚇得抱頭……她是沒頭，但姿勢就眞的很像在抱頭啊！

『啊啊…………』鏡子裡的血腥瑪麗不可思議的尖吼著，『不能這樣，你們召喚血腥瑪麗了——你們明明把我召喚出來了！』

她的臉如同鏡子般裂開了，夏玄允甚至不知道是鏡子裂開的緣故，還是她的臉龐眞的隨鏡子裂去；他只看見龜裂的皮膚、挖去的雙眼、原本就切割得夠慘的臉龐，以及……

滾離無指女的馮千靜往旁邊爬去，抄起了落在地上的發紅火箝，抓起來就往鏡子那邊丟去。

「都給我趴下！」

夏玄允訓練有素，太常陪馮千靜「練習」，一聲令下，即刻拽著汪聿芃蹲低身子，連回頭注意的時間都不能耽擱！

火箝準確的擊破鏡子，然後……進入了鏡子。

『啊啊啊——』燒紅的火鉗準確的擊上血腥瑪麗已經很慘的臉龐，瞬間起了大火，『我是血腥瑪麗！我是舉世無雙的——』

轟！信徒們身上同時爆出大火，馮千靜也不得不遮掩的蹲下身子，感受到火的熱度，記得剛剛郭岳洋說過，她的信徒們當年幾乎都是被處以火刑的。

偌大的浴室裡傳來鏡子破片一片一片往地上掉的鏗鏘聲、還有……上頭鳥籠裡王美怡的咳嗽聲、那鐵球裡驚恐的尖叫聲：「啊啊——哇——」

啪。

炙熱的手居然抓住了馮千靜的腳踝，她倏地回頭，看見那著火的手掌來自無指女，她掙扎著拖過了她的身子！

什麼……她瞪圓雙眼，猛然一股吸力把她往浴室的另一端拽去，力道不是來自無指女，而是這個空間！

「等等……喂——」她離毛穎德有段距離，只怕現在根本沒人知道她發生什麼事，「毛穎德！我要被拖走了！無指女拖著……放手！」

她使勁踢著腳，但這力道跟速度根本不及往後滑行的速度，她什麼都看不見，但是感受得到無指女身後只怕是一片混沌！

無頭女就在他們附近燃燒，那火勢驚人得讓郭岳洋等人都是閃躲又緊閉雙眼的情況，郭岳洋是護著毛穎德的，他躺在他懷裡半睜著眼，他立刻向右看向馮千靜、看向鏡子，卻只看一片橘亮與一種空間扭曲的暈眩……

「馮千靜！馮千靜……」他大喝著。

「小靜怎麼了!?」喊叫聲此起彼落。

「毛穎德——」馮千靜什麼都抓不住，「快點——」

「馮千靜，待在我身邊，妳哪裡也不許去！」

毛穎德那肉咖的言靈、二十四小時只能用一次，還只能用在普通的日常生活……是，待在他身邊，是再日常不過的事了！

剎——溫度是在一瞬間消失的，老實說光線也是，所有人幾乎都閉著雙眼，唯一睜眼的是馮千靜與毛穎德，在黑暗中仍亮著一雙眸子。

毛穎德躺在郭岳洋的懷裡，緊急時刻郭岳洋沒忘記用身體護著快失去意識的他，所以毛穎德是仰頭向上，現正看著漆黑的天花板；馮千靜狼狽的趴在冰冷的地上，腳上已經沒有什麼燃火的手，她有些虛脫感，但銳利的眼珠始終警戒的轉著，眼下伸手不見五指。

「嗚……」哭聲傳來，「哇！誰？」

「誰踢我啦？」鄭宗霖驚恐叫聲跟著傳來，「韓佩茜！」

「你幹嘛離我那麼近！走——哇！」韓佩茜本想往前，又碰到了人，「誰？」

毛穎德緩緩閉上眼，鬆了口氣。

「毛穎德！」那邊亂成一團，怎麼好像距離近到隨便都能碰到大家？馮千靜輕輕撐起身子，右手肘一彎就碰到了冰冷的塑膠，在她身側。

「毛穎德！說話。」她邊開口，一邊探索著，覺得摸到的東西像是……浴缸。

「不痛了。」他拍拍趴抱著他的郭岳洋，試著坐起身，「完全，不痛了。」

都市傳說不在了。

所以……馮千靜伸手向上，摸到了彎角，她可不記得自己身邊有什麼浴缸，浴缸該是在鐵處女下，鐵球的另一頭。

「誰有燈？」她的手機早就不知道飛到哪裡去了，馮千靜撐著不明物體站了起來。

前方地板跟著出現了光線，汪聿芃依然蹲在地上，雙臂始終被夏玄允緊緊箝握著。

只是燈一亮，馮千靜才發現夏玄允就在她跟前而已，回首看去，她身後就是郭岳洋跟毛穎德，他們身邊黏著韓佩茜跟鄭宗霖……這也太擠了吧！

「不會吧……」她抬起頭，仰望著這狹窄的空間。

鄭宗霖也已經察覺，他慌張的找出自己的手機，開啓了另一道光源。

雪白帶紅的瓷磚、陳舊的鏡子與洗手台、本該裝滿鮮血的浴缸，最能拿來確認的……是在鏡子上頭用紅色顏料寫著的字……「請召喚三次……Bloody Mary　Bloody Mary　Bloody Mary」。

他們沒有在江盈甄家的浴室，這裡是驚奇屋。

召喚血腥瑪麗的起點。

第十二章 歸於虛無

那是極為忙碌的一夜，學生們從驚奇屋奔出，那間道具浴室裡除了他們之外，其他一個人都沒有，他們的交通工具全在江盈甄家外面，來回奔波煞是累人，所以馮千靜直接報警，打給章警官，請他們無論如何先過去江盈甄家一趟。

結果章叔回覆：他們已經在現場了。

是童胤恒報的警，汪聿芃跟他約好，兩小時後若無聲無息，電話不通不回，就請他報警；所以童胤恒始終守在路口，等待著回應，但因為訊號不良讓他非常不安，所以不到一小時他就決定報警了。

錯報就是受懲罰，總比錯失了救人時間要好，更別說他明知道裡面有問題——例如，江盈甄的媽媽根本不該存在。

所以在夏玄允他們狼狽趕到時，警方已經進入了江盈甄家。

地下室根本沒有什麼豪華寬敞的浴室，有的只是雜物堆積，有著何嘉瑄發臭的屍體、吊在半空中哀鳴的周庭卉……還有滿地的血水。

但是，鳥籠跟鐵球都沒有出現，它們跟著信徒們一起消失，回到血腥瑪麗的身邊。

鐵球裡應該有江盈甄撕裂的身體，籠子裡該有奄奄一息的王美怡，現在卻無從找起，讓他們連說明都有困難。

何嘉瑄研判已經死亡三天了，跟劉佳穎同一天死亡的，那天血腥瑪麗眞忙，淋浴之後又進行了沐浴，所以有何嘉瑄在鐵球裡碎裂的身體，也有劉佳穎的鐵處女放血。

沒有人能解釋爲什麼驚奇屋跟血腥瑪麗的浴室會相連，不過這卻能解釋血水跟劉佳穎屍體的傳遞運送，如果召喚處跟江盈甄家的地下室是相連的，要送一具屍體根本不是難事。

「因爲江盈甄是在那邊召喚的吧！驚奇屋的浴室一開始就是起點。」林詩倪細心的爲大家切著蛋糕，一邊說著，「所以兩邊相通，搞不好根本同個地方，只是幻覺什麼的。」

「我沒有很想知道。」馮千靜癱在沙發上，身上有些小傷口，其他就是瘀青，幸好沒有大礙。

重點是她的霓彩棍不見了，跟爸爸非常難交代。

林詩倪跟阿杰等資深社員假日到夏玄允家，準備點心跟豬腳麵線要幫他們去去霉運。

「我也覺得應該從召喚開始就變了！」郭岳洋深表同意，他甚至已經修改了白板內容，「兩邊空間是相連的，反正都是血腥瑪麗的地盤！」

雙手手掌包紮的女孩搬過餐桌椅子坐在白板前，仰望著上頭的內容，表情有點凝重。

鄭宗霖他們也是受邀對象，畢竟也歷經了生死關頭，事實上林淮喆跟陳睿彥也都來了，大家想一起熱鬧熱鬧，寬慰一下夏玄允他們。

「就因爲沒有媽媽嗎？」汪聿芃喃喃的看著白板上江盈甄的名字，「我覺得好難想像。」

「我們都不是江盈甄，誰也不能決定她的想法。」鄭宗霖遞了盤蛋糕給她，「妳要知道，眞的孤苦伶仃的是她，被嘲笑的也是她……」

「我不明白沒有媽媽有什麼好笑！她媽又不是故意不要她的！」林淮喆其實不太爽，「死於火災，這應該是很可憐的事，那群女生在想什麼？」

「青少年，有時就是嘴賤，可以往別人痛處踩會覺得很得意。」陳睿彥微微一笑，他正在發放飲料，「傷害別人就會覺得自己高人一等，所以猛往他人痛處踩。」

「也有另一種想法吧，不是有很多人其實都是隔代教養，或是父母不在身邊嗎，」夏玄允抱持不同想法，「唯有看著更不幸的人，才會覺得自己幸福。」

「無論哪種都是病態。」毛穎德直接到結論，「再加上江盈甄家有錢，這是原罪。」

有錢看起來又過得不錯，羨慕生嫉妒，接著同學們會想各種「她也沒什麼了不起」的點來寬慰自己，例如沒有媽媽、例如父親都不在家、例如只跟佣人一起生活，是個沒有家庭溫暖的人。

而她的表現也明顯的顯露出來，珍惜難得擁有的情感，卻被人輕賤。

「我會覺得有點活該啦！取笑單親本就不應該，還拿來當話題，當著人家的面說！」林淮喆是由衷這麼覺得的，「當然，也不該是這樣的下場。」

江盈甄那一掛，活下來的只剩下韓佩茜等不很熟的四位了，她們本來就不是極密切的一掛，但韓佩茜那晚經過那番折騰，精神受創極重，已經辦了休學，開始進行心理輔導及精神療養。

「我啊，只覺得……幸好那天我們沒在市內。」吳雯茜幽幽開口，「我沒想到江盈甄連我都算進去了，我是學姊耶！」

原來那天通知鄭宗霖「何嘉瑄回來的」正是江盈甄，而周庭卉是被何嘉瑄的手機LINE騙出去的，這些都是江盈甄設計好的。

她先跟鄭宗霖說何嘉瑄回來了，人在周庭卉家，現在不知道該怎麼辦，所以請他聯繫熟悉的學長們，但何嘉瑄說不能聲張，王美怡還有危險，因此不能報警；畢竟江盈甄不知道林淮喆或是夏玄允的聯絡方式，的確只能依賴鄭宗霖。

她原本打算全都叫來的，由鄭宗霖收集兩都市傳說社的人，而她則用何嘉瑄的手機LINE給周庭卉，說她在江盈甄家請她快來，此時江盈甄再親自去找周庭卉，證實何嘉瑄躲在她家，周庭卉自然不疑有他，立刻就跟著去了。

她說一到江盈甄家立刻被打暈，醒來時就已經被吊在那偌大的浴室裡了。

周庭卉雙手都脫臼、雙腳小腿肚都是錐子洞，最重的傷害還是心理層面，暫時請假兩星期。

「她只想要女生的血，管你是誰！」馮千靜接過蛋糕，「我吃囉！」

「請！」林詩倪笑著，能吃至少能補足體力。

夏玄允他們等人或坐沙發或坐地毯，其他人就搬椅搬凳的聚集，夏玄允家很大，所以要塞這麼多人很容易。

只是讓汪聿芃訝異的是，他們四個居然是室友耶！而且那個不作聲的鴨舌帽女孩，超強的！

「欸，可以問了嗎？」林淮喆終於忍不住了，「你們這次到底怎麼把血腥瑪麗請回去的？」

這問題讓他們四人交換著眼神，早知道他們會問，畢竟好歹是S大的「都市傳說社」嘛！

「我那時是想不到梗了，想起小……馮同學說過乾脆召血腥瑪麗出來問，所以我就決定再召喚一次！」夏玄允越說越得意，「洋洋有準備屍體蠟燭，所以我趁著血腥瑪麗沒注意就點了。」

屍體蠟燭，幾雙眼睛同時移到郭岳洋身上。

「啊就我發現有人用了那個召喚後，我也做了兩支啊！」郭岳洋尷尬的笑著，「不難啦，我都用豬雞這些，還有老鼠……」

「你在哪裡做？」毛穎德直起身子，這點他很質疑。

只見郭岳洋一副心虛模樣瞪圓雙眼，看向右手邊的毛穎德，下一秒立即正首繼續剛剛的話題。

「我只是帶著有備無患，後來也證實江盈甄眞的是參考我們社團寫的召喚法……」他嘆了口氣，「所以你們沒看我都把文章刪掉。」

「嗄？原來是你喔！」林詩倪噘著嘴，「我才在想誰刪文！」

「江盈甄是拿著我們的資料召喚的！」夏玄允也凝重說道，「我們那樣寫好像不太好，似乎是一種教學……」

「是啊，所以有沒有覺得都市傳說都會朝你們撞上來？」馮千靜邊說邊瞪著夏玄允跟郭岳洋，都是他們！

都市傳說朝他們撞去，餘波都波及到她跟毛穎德！

「然後呢？」陳睿彥急著想知道後續。

「然後我請她回去，永遠不要再出來……」夏玄允頓了一頓，「接著就把鏡子打破了。」

「咦！」林淮喆吃驚的跳起來，「擊破鏡子！這樣你不會有事嗎？」

「是啊，我以為召喚血腥瑪麗者，是跟血腥瑪麗相連的，而且血腥瑪麗怎麼能讓你任意擊破鏡子？」吳雯茜也劈頭的提出一堆疑問。

夏玄允悄悄的瞄向門邊櫃子上的鑰匙皿，上頭那綠色的聖誕樹吊飾鑰匙圈。

當然是因為聖誕老人送的聖誕樹吊飾啊，都市傳說送的禮物，果然能跟都市傳說做某種程度的連結。

至少上次是由夏玄允處理房間，才能把被消失的房間召回，這一次……也只能死馬當活馬醫。

但這次似乎已經證實，擁有聖誕樹吊飾的夏玄允，真的能對付都市傳說！

現場陷入激烈討論，林詩倪跟阿杰他們也開始在抄筆記，他們提了一堆問題或假設，能回答的郭岳洋都予以解答，但是關鍵的聖誕樹吊飾，他們永遠不會知道，他們四個人有默契，誰都不說。

就像毛穎德的左肩一樣，那完美的都市傳說警報器。

「你們對都市傳說好狂熱喔！」汪聿芃觀察良久，突然迸出這麼一句。

幾雙眼睛瞅著她，怎麼突然這麼說。

「他們是都市傳說社啊！」鄭宗霖趕緊說明。

「我這次是總執行，東西是我查的我做的，但我當時還眞不信有都市傳說，我覺得那只是以訛傳訛的怪談。」汪聿芃扶了扶玫瑰色的鏡架，「當然經過這次後，我不得不信——但我是討厭的。」

「可以理解。」夏玄允立即接口，「因爲它帶來恐懼。」

「不，因爲它帶來契機。」汪聿芃認眞的看著夏玄允，「如果沒有這些投入跟資料，是不是江盈甄就不會去召喚血腥瑪麗了？」

嗯？林詩倪朝夏玄允使了眼色，這是在怪他們嗎？

「那爲什麼不怪妳搭建出一個眞實的場景，讓江盈甄想到這件事而召喚呢？」毛穎德無接縫的反駁，「按照妳的理論，燒炭自殺的要怪賣炭火的？割腕的得怪賣刀子的？跳樓的就得怪建商？」

汪聿芃皺眉，「我不是那個意思。」

「妳就是。」馮千靜連讓她解釋都懶，「每個人做的事，最後決定的都是他自己的想法與主見，其他都只是讓他利用的工具罷了！江盈甄不爽王雅慧她們，今天沒有妳的驚奇屋、沒有我們都市傳說社團，她也會用別種方法解決她們。」

「是啊，汪聿芃，關鍵在她的家。」郭岳洋趕緊和緩著說，再說下去大家都快吵起來了，「她渴望家庭的愛、父母的愛，她渴求的是我們日常都能得到的，但因爲她嚴重缺乏，才會變成這個樣子。」

汪聿芃緊皺著眉，看起來進入思考迴路。

「但是她認血腥瑪麗當媽眞的太扯了，偏執成這樣，不惜殺掉同學……好，我知道她本來就想殺同學。」林淮喆也是無奈，「應該是一種：給妳們看我媽是誰，然後再幹掉的意思。」

「江盈甄心理本來就不健全了，不過那晚的她可能也不是完全清醒的。」夏玄允指著雙眼，「她的眼睛有紅眶。」

嗯？什麼？大家不解互望，紅眶？

「哪裡？」郭岳洋低語。

「就眼眶是紅色的啊，有點發光，跟血腥瑪麗一樣。」夏玄允說得理所當然，但在場的人都在努力回想。

的」跡象吧。

郭岳洋輕輕踢了一下夏玄允桌下的腳，該不會又是一個「只有夏天看得見

「我想應該多少有被控制吧，畢竟她是召喚血腥瑪麗出來的人。」郭岳洋趕緊扯開話題，「唉，敢召喚血腥瑪麗，她真的很強。」

汪聿芃別過頭，真的是因為她建了驚奇屋嗎？

同學屍體一具具出現，在那間浴室裡王美怡、何嘉瑄及江盈甄都跟著消失，事情變成懸案，因為最有可能的凶手江盈甄目前下落不明，他們誰也沒辦法給警方一個交代，該怎麼說江盈甄在哪兒！

江盈甄的父親總算出現，他不敢相信自己的女兒會做出這麼令人髮指的行為，但證據勝於雄辯，現在他打算把房子賣了離開這兒，看樣子也沒有打算找回江盈甄的意思。

王雅慧、曾之鳳、何嘉瑄、劉佳穎、及王美怡之死變成一個謎，動機寫不上檔案、兩具遺體也找不到，連她們究竟怎麼被帶走的都不得而知；失蹤女孩手機都沒有找到，包括江盈甄的，完全無跡象可循。

或許是催眠、或許是江盈甄誘拐，這些都隨著血腥瑪麗的離開變成永遠的問題。

S高中舉辦了公祭，好好送這些花樣年華的少女一程。

馮千靜疲憊的倒向身邊的肩膀，毛穎德自然的摟過，這次眞的是精疲力盡。

林淮喆他們都知道他們的關係，上次馮千靜可是當眾宣布她喜歡毛穎德了咧。

「這次的事情不要寫了。」毛穎德用腳踢了踢郭岳洋。

「沒、沒寫那麼仔細了啦！」郭岳洋顯得很難受，「汪聿芃不說，我也有種害到人的感覺。」

汪聿芃轉過來，「所以不該建驚奇屋的。」

「厚！妳不要這麼死腦筋啦！」鄭宗霖推了她一把，「不是說了嗎，作決定的不是旁人，而是她自己！校慶做驚奇屋理所當然，這麼多人爲什麼只有她會這麼做？」

汪聿芃勉強笑著，似乎這麼說還是很難讓她釋懷。

「反正以後少寫少貼！」馮千靜冷冷警告著。

郭岳洋跟夏玄允同時噘起嘴，他們沒有功勞也有苦勞啊，況且這次可是夏天的鑰匙圈奏效耶……啊！

「那個……我可以問嗎？」汪聿芃一雙眼盯著就擱在茶几上的某圓形物上。

大家順著她的指頭看過去，看見一個栩栩如生的美豔女人圖案，卻不由得皺起眉，自心底發毛。

「什麼東西啊？爲什麼長得有點像……」鄭宗霖沒再說下去，大家都心知肚明：巴托利夫人。

「嘿，很美吧！」夏玄允一副終於有人問的樣子，趕緊拿起那小圓鏡，「這可是我特地找人訂做的喔！」

訂做……毛穎德斜眼瞟了過去，也忍不住深呼吸，「你訂做什麼？」

「特地找人畫巴托利夫人的樣子嗎？天哪！你眞的沒在怕耶！」林淮喆朗聲大笑起來，眞不愧是夏天啊！

「那當然！你看，鏡子耶！」夏玄允現寶似的把小圓鏡從塑膠袋裡拿出，一面是彩繪的美豔女人、一面是鏡子。

依照夏玄允這個人，區區鏡子他不會興奮成這樣，找人畫巴托利夫人的圖案也不是什麼值得高興的事，他的眼睛都幾百燭光了，這隨身鏡裡絕對大、有、文、章。

「那……」毛穎德對夏玄允瞭若指掌，「鏡子是怎麼來的？」

「噢！毛毛果然知道！」夏玄允欣喜若狂的以指頭捏著鏡子，打直右手將鏡子那面一一秀給大家看，「這個是巴托利夫人浴室裡的鏡子破片喔！我打破後趁機偷留一片起來作紀念的！」

巴托利夫人浴室的鏡子碎片——所有人莫不倒抽一口氣的跳起來！

「你爲什麼要撿那種東西？」

「天哪，沒有跟著一起消失嗎？」

「萬一她又出現在裡面怎麼辦？」

「你做成鏡子是什麼意思!?」

驚呼聲此起彼落，郭岳洋還幫忙一一解釋，接著還炫耀他們每次的「都市傳說紀念品」，攪得大家臉色陣青陣白的。

馮千靜已經不想說話了，反正他沒有做給每個人都一個那就謝天謝地了！

「你們，」汪聿芃正經八百的說著，「眞的非常誇張！」

「才不會呢！」夏玄允跟郭岳洋還異口同聲，只是郭岳洋有點抱怨夏天撿的太小片，他也想要一個啊！

「我要它也圈在我的鑰匙圈上面，要不是我都把這些紀念品帶著喔，那天……」說到一半，夏玄允突然倏地轉向毛穎德。

「對了，毛毛，你的肩膀是——」夏玄允突然想到什麼。

「郭岳洋，你的蠟燭在哪裡做的？」毛穎德火速顧左右而言他！

「呃——」郭岳洋一陣心虛，他不敢說是用家裡果汁機攪爛的，但是他有洗乾淨啊！

「我想去吃可麗餅。」下一秒，馮千靜突然拉著毛穎德起身，「我們出去買。」

「喔好，我想吃鹹的。」毛穎德完全贊同，兩個人同時離開沙發。

一屋子人面面相覷——「欸欸，你們才剛吃完中餐耶！」

「喂，太明顯了啦！」夏玄允不平嚷著，「不要扯開話題，我跟你說，我們都住在一起，早晚你得坦白……」

郭岳洋桌下的腳又踢了他一下，這麼多外人在，他問這個不好吧！

夏玄允收到郭岳洋的眼色，喔喔，現在不適合嗎？

馮千靜回房抓了外套跟帽子，認眞的要出門，毛穎德也一樣，他們想要找個只有他們倆的地方，好好的鬆口氣。

汪聿芃看著又戴上帽子的馮千靜，突然哎了一聲，「喂，我說……妳是誰啊？」

走向門口的馮千靜僵住身子，斜眼睨她，「什麼？」

「你們沒看新聞嗎？我昨天晚上看見的，好像眞的有像耶！」汪聿芃還瞇起眼站起身，「把眼鏡拿下來，再化妝的話……」

新聞？馮千靜看向毛穎德，他們再同時朝郭岳洋看去。

夏玄允跟郭岳洋同時搖頭，不明白啊！這幾天累都累死了，哪有心情看什麼新聞！夏玄允立刻拿起遙控器，試試看能不能找到新聞。

馮千靜手上的手機立時震動，她只瞥一眼，當下狠狠倒抽口氣。

二話不說再衝回房間抓了門後的緊急包包，緊接著拉開家門往外頭衝去！

「怎麼了小靜？」夏玄允緊張的站起來，這狀況是發生事情了！

馮千靜沒有多說，毛穎德也跟著衝了出去。

『日前高中生連續殺人案，由一群大學生破獲，這群大學生是最近網路上非常有名的都市傳說社，當天晚上記者也有捕捉到學生們的身影。』

電視螢幕裡報出了新聞，拉回所有人的注意力。

『令人意外的是，在一群學生當中，我們原本以爲拍到的只是普通大學生，但是——』螢幕畫面拍攝到的是低著頭、被毛穎德摟著往黑暗角落離開的馮千靜，這個鏡頭不知是在哪兒拍的，由下而上，幾乎拍到了她三分之二的樣貌，『經過確認，這名女學生長得極像格鬥競技者的『小靜』，記者調查過A大學的學生資料……證實了小靜的確在該校就讀！』

夏玄允蹙起眉，緊張的捏緊遙控器，身邊的郭岳洋大氣都不敢喘一下……怎麼會這樣!?

那天晚上小靜明明戴著帽子的啊！

一屋子人都張大嘴，林詩倪緩緩站了起來，阿杰吃驚的瞪著地板，林淮喆他們則擊上掌心大喊著難怪！

「馮千靜就是格鬥者小靜？」

尾聲

事情是措手不及的。

馮千靜一踏出電梯，就被刺眼的閃光燈照得睜不開眼！

「哇！」她別過頭想逃，但瞬間被媒體圍上。

她住的雖然是在外租屋，但至少應該有管制啊，警衛爲什麼讓記者進來？

「借過！請不要這樣！」毛穎德緊緊護著她，拼命的阻止拍照，試圖退進電梯裡，「請讓開！」

「小靜！妳是小靜嗎？妳什麼時候唸大學的？」

「小靜，妳能適應學校生活嗎？同學都知道妳是格鬥者嗎？」

「小靜，妳介入這次的案子是爲破案嗎？妳好像之前就有介入不少懸案？」

「青山路的屍體也是妳發現的嗎？」

「小靜，那個男生是妳男朋友嗎？」

喝！在毛穎德懷裡的馮千靜愣了住，她完全埋在他胸口，被他保護得滴水不進，沒有攝影機可以拍到她。

「讓讓！喂，你們不要這樣，這裡是學生住處，你們會打擾到學生的！」一個男人的聲音闖了進來，馮千靜顫了一下身子。

經紀人！她捏緊毛穎德的外套，低語著經紀人來了，但是他忙著抵擋記者，聽不見。

「喂！你們別這樣，小靜不喜歡在其他地方被拍照嘛！」中年男子終於擠了進來，他看著毛穎德幾秒，眼神中帶著怒火，「同學，謝謝你護著我們小靜……但是——」

他立刻拉過馮千靜，「你這樣會害小靜被誤會的！」

馮千靜被拉離毛穎德身邊，經紀人的力道根本不足以拉開她，但她知道現在得依賴經紀人才能出去。

她鬆開手，站到經紀人身邊，頭垂得更低了。

經紀人立刻給她口罩，馮千靜也火速戴上。

「各位大哥大姐，你們在急什麼？我們一個小時後在W飯店開記者會，到時會說明。」經紀人哎呦的說，「你們這樣是在打攪住戶安寧好嗎！人家會恨小靜的！」

記者會！一聽見一個小時後在隔壁城市召開的記者會，記者們紛紛急著要離開。

「就問一個！小靜！他是妳男友嗎？」有人高聲喊著，所有鏡頭拼命往這兒照。

「當然不是！」經紀人立即嚴正的回答，「只是同學！」

「小靜！看這邊，但是那天你們也是這樣摟著走，剛剛也是！他眞的不是妳男朋友嗎？」

上手臂被經紀人掐了掐，她當然知道有代言在身的她，不該鬧出任何緋聞，即使她只是個格鬥者，但開始代言後也是半個藝人了。

毛穎德就站在她右手邊，也低著頭，不想讓人捕獲照片。

馮千靜沒有轉頭，因爲她不能，她只是抬起頭，用唯一露出的俐落雙眼看著一整片的鏡頭。

「不是。」她沉穩的說著，「只是同學。」

後記

這是後記喔，看完小說再來看這兒～乖！

一轉眼，都市傳說來到了第11集，第一部也即將進入倒數了。

是的，如果有在關注我粉絲專頁的人就知道，之前提過了「第一部」這三個字——在這邊要鄭重感謝大家的支持！因為您們的支持，所以都市傳說才能從原本的六集走向十二集，現在又能有第二部了QQ。

第一部是十二集完結，所以這一本是倒數了，當然要請出重量級的都市傳說，瑪麗小姐。

嗯，都市傳說也是有菜市場名的有沒有？又一個瑪麗，不過這個瑪麗比上次那個厲害多了，血腥瑪麗可是美國赫赫有名的都市傳說，地位跟日本的裂嘴女可謂不相上下！

血腥瑪麗的傳說真的蠻妙的，她非常紅，紅到都拍過電影了，而且傳說中凡召喚必死無疑，而且還會死得很慘……可是青少年就喜歡以她試膽，或是賭輸的人就得去召喚。

這跟自殺的概念好像沒什麼兩樣吧？如果下場都是這麼慘，爲什麼還是要去呢XDDD，是一種我敢召喚我就威的概念嗎？這可能是中二才會明白的道理。

但是仔細再查，這麼紅的都市傳說，好像似乎又沒有什麼實證，證實有人因召喚她而出事？也有人說就算眞的出事了，警方也不會明講說是因爲召喚血腥瑪麗的緣故，不然這個疑犯就有點難逮捕了。

不過倒是看到一些關於精神錯亂的狀況，傳聞是召喚之後發生的現象，傷人或自殘均有，這種說服力較大些。

總之，都市傳說我們看看故事就好，千萬不要去召喚，尤其這種根本必死的類型，多懷份尊重總是好的咩。

這次因爲血腥瑪麗找得到的案子不多，但是我記憶裡的「血腥瑪麗」卻不是這個都市傳說，而是歷史上有名的女伯爵，所以乾脆來個大串連，反正孤狗的話，「血腥瑪麗」本就有許多版本，歷史上還有人物是正式定名的呢！

至於大家關心的粉紅進度，也越來越明確啦！其實小靜跟毛毛之間是種患難與共的感情，現在偏偏毛毛的手出現致命傷，一方面既讓小靜擔心，一方面又幫不上忙，不成爲累贅就要偷笑了，相信那種無力感大家都能幫他感受一下XD。

再一集就要結束了，所有的一切會有個最終交代，或許有人捧著書在心裡吶喊一點都不想結束，但是天下無不散的筵席嘛，總是有曲終人散的一天。

就請大家認眞的守護著所有角色，跟他們一起邁向最後吧！

最後，由衷感謝購買此書的您，購書是對作者最直接與最有效的支持，因您的購買，我們才能繼續寫下去！

笭菁2016.7.15

國家圖書館出版品預行編目資料

都市傳說11：血腥瑪麗 / 笭菁著, -初版, -臺北市：奇幻基地出版；家庭傳媒城邦分公司發行；2016.8（民105.8）
面：　公分.－（境外之城：64）
ISBN 978-986-93169-2-7（平裝）

857.7　　105010750

ISBN 978-986-93169-2-7
Printed in Taiwan.

境外之城 064

都市傳說11：血腥瑪麗

作　　者／笭菁
企畫選書人／張世國
責任編輯／張世國

發 行 人／何飛鵬
總 編 輯／楊秀眞
業務經理／李振東
業務主任／范光杰
行銷企劃／周丹蘋
法律顧問／台英國際商務法律事務所　羅明通律師
出版／奇幻基地出版
城邦文化事業股份有限公司
台北市 104 民生東路二段 141 號 8 樓
電話：(02)25007008　傳眞：(02)25027676
網址：www.ffoundation.com.tw
e-mail：ffoundation@cite.com.tw
發行／英屬蓋曼群島商家庭傳媒股份有限公司城邦分公司
台北市 104 民生東路二段 141 號11 樓
書虫客服服務專線：(02)25007718・(02)25007719
24 小時傳眞服務：(02)25170999・(02)25001991
服務時間：週一至週五09:30-12:00・13:30-17:00
郵撥帳號：19863813　戶名：書虫股份有限公司
讀者服務信箱 E-mail：service@readingclub.com.tw
歡迎光臨城邦讀書花園 網址：www.cite.com.tw
香港發行所／城邦（香港）出版集團有限公司
香港灣仔駱克道 193 號東超商業中心 1 樓
電話：(852) 2508-6231 傳眞：(852) 2578-9337
馬新發行所／城邦（馬新）出版集團
【Cite(M)Sdn. Bhd.(458372U)】
11, Jalan 30D/146, Desa Tasik,
Sungai Besi, 57000 Kuala Lumpur, Malaysia.
電話：(603) 90578822　傳眞：(603) 90576622

封面內頁插畫／豆花
封面設計／邱宇陞工作室
排　　版／極翔企業有限公司
印　　刷／高典印刷有限公司
■2016 年（民 105）7月28日初版一刷
■2023 年（民 112）9月22日初版17刷

售價／280元

廣　告　回　函
北區郵政管理登記證
台北廣字第000791號
郵資已付，免貼郵票

104台北市民生東路二段141號11樓

英屬蓋曼群島商家庭傳媒股份有限公司城邦分公司 收

請沿虛線對摺，謝謝

奇幻基地

每個人都有一本奇幻文學的啓蒙書

奇幻基地官網：http://www.ffoundation.com.tw
奇幻基地粉絲團：http://www.facebook.com/ffoundation

書號：1HO064　　書名：都市傳說11：血腥瑪麗

15
annual

奇幻基地15周年龍來瘋慶典

集點好禮獎不完！還可抽未來6個月新書免費看！

活動期間，購買奇幻基地作品，剪下回函卡右下角點數，集滿點數，寄回本公司即可兌換獎品&參加抽獎！

集點兌換辦法

2016年06月起至2017年12月20日前(郵戳為憑)，奇幻基地出版之新書，剪下回函卡右下角點數，集滿點數貼至右邊集點處，寄回奇幻基地，即可兌換贈品(兌換完為止)，並可參加抽獎。

集點兌換獎品說明

5點：「奇幻龍」書擋一個（寬8x高15cm，壓克力材質)

10點：王者之路T恤一件 (可指定尺寸S、M、L)

回函卡抽獎說明

1.寄回集滿5點或10點的回函卡，皆可參加抽獎活動！回函卡可累計，每張尚未被抽中的回函卡皆可參加抽獎。寄越多，中獎機率越高！

2.開獎日：2016年12月31日(限額5人)、2017年05月31日(限額10人)、2017年12月31日(限額10人)，共抽三次。

回函卡抽獎贈書說明

中獎後，未來6個月每月免費提供奇幻基地當月新書一本！

(每月1冊，共6冊。不可指定品項。)

特別說明：

1.請以正楷書寫回函卡資料，若字跡潦草無法辨識，視同棄權。

2.本活動限台澎金馬。

【集點處】

1	6
2	7
3	8
4	9
5	10

（點數與回函卡皆影印無效）

為提供訂購、行銷、客戶管理或其他合於營業登記項目或章程所定業務之目的，英屬蓋曼群島商家庭傳媒(股)公司城邦分公司，於本集團之營運期間及地區內，將以電郵、傳真、電話、簡訊、郵寄或其他公告方式利用您提供之資料（資料類別：C001、C002、C003、C011等）。利用對象除本集團外，亦可能包括相關服務的協力機構。如您有依個資法第三條或其他需服務之處，得致電本公司客服中心電話(02)25007718請求協助。相關資料如為非必要項目，不提供亦不影響您的權益。

個人資料：

姓名：＿＿＿＿＿＿＿＿＿＿＿＿＿＿ 性別：□男 □女

地址：＿＿＿＿＿＿＿＿＿＿＿＿＿＿＿＿＿＿＿＿

電話：＿＿＿＿＿＿＿＿＿＿ email：＿＿＿＿＿＿＿＿＿＿

想對奇幻基地說的話：＿＿＿＿＿＿＿＿＿＿＿＿＿＿

＿＿＿＿＿＿＿＿＿＿＿＿＿＿＿＿＿＿＿＿＿＿＿＿

請剪下右側點數，貼於背面的集點處，集滿5點以上，即可寄回兌換抽獎

1p 2016